PETITS PLAISIRS MASQUÉS

UNE ROMANCE DE MILLIARDAIRE (LES ROIS DU NIGHTCLUB T 2)

CAMILE DENEUVE

TABLE DES MATIÈRES

Publishe en France par:
Camile Deneuve

©Copyright 2021

ISBN: 978-1-64808-974-9

 Réalisé avec Vellum

RÉSUMÉ

Une nuit de plaisirs coquins transformée en une vie de responsabilités...
Cette petite beauté a attiré mon attention dès le début.
Le déshabillé coquin qu'elle portait mettait en valeur son corps somptueux, bien que le masque eut caché son visage.
Mais je l'ai fait mienne et je l'ai fait mienne autant de fois que je voulais ; cette nuit-là, elle m'appartenait.
Ma petite esclave m'a donné tout ce que j'attendais d'elle.
La toucher est devenu sa perte, l'obligeant à me donner plus qu'elle n'avait jamais donné à personne.
En fin de compte, elle m'a donné plus que ce que j'avais négocié au début...

Il m'a choisie — parmi des dizaines de femmes sexy — il m'a choisie !
Dès le début, il a pris le contrôle sur moi, m'a fait faire des choses qui étaient quelque peu dangereuses.
Je me suis perdue avec lui pour une nuit.
C'était censé n'être que pour une seule nuit.
Mais une nuit ne nous suffirait jamais.
Je n'arrivais pas à le sortir de ma tête. J'avais ressenti plus de choses avec lui qu'avec personne d'autre.
Et puis une surprise s'est présentée qui nous a réunis une fois de plus.
Et cette fois-ci, ça pourrait durer beaucoup plus longtemps qu'une seule nuit chaude...

1

NIXON

Soirée d'Halloween

Un léger frisson traversa l'air nocturne lorsque mon chauffeur se gara devant le club auquel je lui avais demandé de m'emmener. C'est là que j'étais toujours venu pour me détendre un peu. Mon côté obscur ressortait souvent à la période des fêtes les plus pécheresses. Le Dominant en moi voulait une soumise avec qui jouer pour une nuit. C'est tout ce que j'osais me permettre.

J'avais fait une randonnée jusqu'à Portland, en Oregon, pour m'éloigner de ma vie à Los Angeles en Californie, pendant un temps. Je ne touchais pas au BDSM à la maison. Je gardais ça pour mon arrivée au club que j'avais rejoint quand il avait ouvert pour la première fois il y a quelques années. Le Donjon du Décorum était un endroit que je ne visitais pas souvent, je n'y allais qu'une fois par an, voire deux..

J'aimais seulement jouer le rôle du Dominant ; je n'étais pas du genre à faire ça à plein temps. Je n'avais jamais loué une soumise ni même payé plus d'une nuit de plaisir. C'était juste une façon pour moi de me défouler de temps en temps, rien de sérieux.

Quand je reçus l'invitation au premier bal d'Halloween annuel du club, j'eu envie de m'amuser au club BDSM et je planifiai d'assister à ce grand moment, comme le disait l'invitation.

Un tapis rouge me conduisit de la voiture avec chauffeur que j'avais louée, à la porte d'entrée de ce qui ressemblait à une cabane. À l'extérieur, c'est tout ce qu'on pouvait voir. À l'intérieur, l'escalier vous emmenait sous terre, où une structure massive abritait une grande pièce principale, plusieurs petites pièces plus intimes, une foule de chambres privées, et même des suites privées pour des séjours de longue durée.

En entrant dans la salle principale, je trouvai une bannière géante suspendue au-dessus de la foule qui s'était rassemblée pour prendre part aux festivités étranges. Des capes couvraient la plupart des smokings des hommes, tout comme moi. Je portais le masque du Lone Ranger qui cachait mon identité. Les femmes étaient les vraies stars de la nuit, parées de toutes sortes de vêtements sexy et sinistres.

Je dus avoir l'air un peu bouleversé par la pléthore de femmes consentantes, lorsqu'un homme me donna un coup à l'épaule. "Tu vois quelqu'un qui te plaît ?"

Avec un signe de tête, je répondis à sa question. "Beaucoup sont à mon goût. C'est de loin la fête d'Halloween la plus sexy à laquelle j'ai jamais été invité."

"Moi aussi," dit l'homme, puis il gloussa. "Mais je ne suis pas ici pour acheter une nouvelle soumise, j'en ai une à demeure maintenant." Il me serra la main. "Dr Owen Cantrell."

En lui serrant la main, je me souvins avoir entendu ce nom – avant que cela me frappe. "Tu es le chirurgien plastique des stars. Ou tu l'étais, avant la fin de cette émission de télé-réalité. Je crois que ça s'appelait *Reconstruction à Beverly Hills*. Je suis basé à Los Angeles aussi. Nixon Slaughter. Je possède et gère Champlain Services."

"J'en ai entendu parler", dit Owen en acquiesçant. "C'est une agence environnementale."

Affirmer que j'étais fier de mon entreprise était peu dire. J'avais mis beaucoup de temps à construire cette entreprise et à lui faire un nom. Après des années de dur labeur, j'avais accompli plus que je n'avais rêvé. Nous travaillions dans le monde entier, et le meilleur, c'est que nous aidions la planète et les générations futures.

Les mains dans les poches, je me balançais sur mes pieds, plein d'orgueil. "Tu as entendu parler de ma petite entreprise ?"

"Qui n'en a pas entendu parler ?" demanda-t-il en souriant. "J'ai aussi lu quelque chose dans le *L.A. Times* sur toi et deux autres gars qui construisent un nouveau club en ville. Un club exclusif à l'image des quelques boîtes de nuit de Las Vegas. Quand penses-tu que ça va s'ouvrir ?"

"Nous espérons ouvrir pour le réveillon du Nouvel An. C'est la date cible pour l'inauguration." Je sortis une carte de visite de la poche de ma veste et je la remis à Owen. "Voilà mon numéro. Appelle-moi et je t'arrangerai ça à toi et ta partenaire, c'est la maison qui offre."

Il empocha la carte et me tapa dans le dos. "Cool. On y sera. On y sera. Merci, mec." Il sortit sa propre carte et me la donna. "Et si tu connais quelqu'un qui a besoin de mes services, donne-lui mon numéro. Et dis-leur que s'ils disent que c'est toi qui les recommandes, ils auront une remise de 10 %."

Je rangeai sa carte et répondis : "D'accord, mon pote."

Une femme aux longs cheveux noirs soyeux, portant un body qu'on voyait à peine et un masque géant avec des plumes de paon, s'approcha d'Owen. Il mit son bras autour d'elle, la tirant à lui. "Permets-moi de te présenter la femme qui sera ma cavalière à votre inauguration. Voici Petra, ma femme."

Elle tendit une main longue et élancée que je pris pour l'embrasser. "C'est un plaisir de te rencontrer, Petra. Je suis Nixon Slaughter. J'ai hâte de vous voir tous les deux dans mon club le soir du Nouvel An. Vous serez mes invités d'honneur."

"Oh", elle regarda son mari. "Ce club dont j'ai entendu parler." Ses yeux sombres se tournèrent vers les miens. "Vous lui avez trouvé un nom ? La dernière fois que j'en ai entendu parler, vous et vos partenaires n'en aviez pas."

En secouant la tête, je remis mes mains dans mes poches. "Non, nous sommes dans une impasse. Mais on trouvera quelque chose dès qu'on aura trouvé comment faire pour que Gannon Forester arrête d'anéantir toutes nos idées."

Les yeux de Petra s'illuminèrent en disant : "Pourquoi pas Club Exclusif ? Vous savez, parce qu'il s'adresse à une branche exclusive de la société, les ultra-riches ?"

"J'en parlerai à mes associés." Notre attention fut ensuite attirée par quelqu'un qui parlait au micro sur la scène.

"Joyeux Halloween à tous !", déclara le Maître de Cérémonie.

Un tonnerre d'applaudissements retentit dans toute la salle. Owen me fit un signe de tête, et lui et sa femme avancèrent pour se rapprocher de la scène. Je regardai la foule avancer. Je n'aimais pas bien l'idée d'être au milieu d'une foule. En général je préférais être près d'une sortie– c'était une petite manie étrange de ma part. Me faire piétiner par une foule en panique était une phobie pour moi.

Heureusement, le fait de rester en marge de la foule me permettait de garder l'esprit libre. Un serveur passa avec un plateau de cocktails. Je pris une boisson transparente qui avait des cerises qui flottaient dedans. J'en bus une gorgée et je trouvai que c'était mentholé et frais.

En regardant la scène, je vis quatre personnes s'y aligner. Un homme et trois femmes – portant tous des capes rouges – se placèrent. Des chaînes tombèrent des chevrons et d'autres hommes montèrent sur scène pour attacher les femmes.

Jouer avec des cordes et des chaînes n'était pas quelque chose que j'avais déjà fait. Ce n'est pas que je ne l'envisageais pas un jour, mais je n'avais tout simplement pas le savoir-faire pour mettre tout cela en œuvre. Et je ne pouvais pas avoir de chambre à la maison, comme beaucoup de Dominants. Mes parents me rendaient visite depuis le Texas et restaient chez moi environ trois ou quatre fois par an. D'habitude, ils restaient une semaine à chaque fois, et maman était une femme curieuse. Je ne m'en sortirais jamais si j'avais une chambre BDSM chez moi.

Sans compter que les maisons de la plage de Malibu n'étaient pas vraiment l'endroit idéal pour faire des choses qui faisaient hurler les femmes. Les flics seraient appelés, c'est sûr.

Je me retrouvais donc avec mon petit fétichisme ailleurs que chez moi. Quelques personnes connaissaient mon sinistre secret. Mes associés et ma meilleure amie, Shanna. Mes associés pensaient que c'était vraiment cool. Shanna pensait que c'était bizarre, qu'il fallait que je passe à autre chose et que je grandisse.

Shanna et moi étions amis dans notre petite ville natale de Pettus, au Texas. Quand je vins à L.A., elle m'en voulut de l'avoir laissée toute seule dans cette ville ennuyeuse. Après m'être installé, je cédai à ses supplications et je la laissai venir vivre chez moi jusqu'à ce qu'elle soit capable de se débrouiller toute seule. Ce qu'elle fit assez rapidement. C'est quand elle vivait avec moi qu'elle a découvert mon petit secret.

J'avais ramené une femme à la maison avec moi un soir de la première semaine où Shanna était là. Pour être honnête, j'avais oublié qu'elle était là. Je fessai ma partenaire d'un soir, et elle gémissait – beaucoup – et me suppliait de la frapper plus fort. Shanna frappa à la porte de la chambre et me cria de sortir et de lui parler. Ce que je fis, en renvoyant à contrecœur la femme chez elle alors que Shanna me réprimandait pour mon comportement impardonnable. Elle me dit que *Cinquante Nuances* était nul et que quiconque suivait une intrigue aussi stupide était un foutu imbécile – ce que, assurément, je n'étais pas.

Je m'attendais à une autre réprimande et à un long sermon de sa part à mon retour de ce voyage. J'avais réussi à m'esquiver de la ville avant qu'elle puisse m'attraper et essayer de m'empêcher d'aller à Portland, parce qu'elle savait ce que je faisais chaque fois que j'y allais.

"Excusez-moi, pardon..." j'entendis une voix douce tandis qu'une femme me toucha le bras pour me faire faire un pas de côté, lui permettant d'avancer dans la foule.

Elle ne fit que quelques pas devant moi avant que les personnes devant elle n'arrêtent sa progression. Même de dos, elle était séduisante.

De longues jambes, recouvertes de bas résilles noirs déchirés, se terminaient par une paire de talons rouges. Un body noir s'accrochait à ses courbes ; son cul arrondi cédait la place à un creux dans le dos, mis en avant par un pan de dentelle noire transparente qui séparait la soie en son milieu.

Elle portait ses cheveux en une longue tresse foncée qu'elle avait tirée par-dessus son épaule gauche. Quand elle se retourna, claire-ment ennuyée de ne rien voir d'où elle était, ses yeux bleus rencon-trèrent les miens.

En soulevant mon verre en sa direction, j'ai dit : "Salut."

Salut ? Vraiment ? Je suis ringard à ce point ?

2

KATANA

Bien que la soirée eut mal commencé, je me suis retrouvée à regarder dans les yeux vert profonds les plus beaux que j'avais jamais vus. Le masque qu'il portait ne cachait pas le fait que c'était un homme musclé et beau. "Salut", me dit-il en levant son verre.

J'avais désespérément besoin d'un verre. Une chose qu'il dut remarquer quand mes yeux passèrent de son regard à son verre presque plein. Juste après, un serveur arriva derrière lui et il arrêta le type, me prit un verre sur le plateau plein.

Il me tendit une boisson brune avec un quartier de citron vert accroché au bord du verre transparent et me sourit : "Voulez-vous boire un verre ?"

"J'en meurs d'envie en fait." Je pris le verre et je luttai pour être un peu classe, en prenant une petite gorgée au lieu de le boire d'un coup.

La semaine dernière avait été un enfer. Je n'avais pas fait attention à mon emploi du temps et je m'étais fixé non pas deux ou trois projets à rendre, mais dix. En tant que créatrice indépendante de couvertures de livres, je travaillais à mon propre compte, ce qui signi-fiait que j'étais ma propre patronne, ce qui était nouveau pour moi. N'ayant pas d'expérience en gestion, les choses étaient devenues incontrôlables. J'allais bien finir par y arriver, je le savais, mais la semaine avait été particulièrement rude.

On pourrait penser qu'aller dans un club BDSM pour une fête d'Halloween serait le dernier endroit où une femme surmenée voudrait aller. Mais être capable de me donner entièrement à quelqu'un d'autre avait toujours été une libération. J'avais donc accepté l'invitation que m'avait envoyée mon amie Blyss. Nous nous étions rencontrées il y a longtemps, quand j'étais juste une enfant envoyée à l'orphelinat après la disparition de ma mère. Blyss et moi, on se ressemblait beaucoup. Nous étions toutes les deux silencieuses et réservées. Nous nous étions écrit quand j'avais été envoyée chez un couple de personnes âgées en foyer d'accueil, et elle était restée à l'orphelinat. Nous sommes restées en contact juste pour que nous sachions tous les deux qu'il y avait au moins une personne dans le monde qui savait que nous existions.

C'est dans ce club que Blyss avait rencontré l'homme qu'elle avait fini par épouser, et elle m'avait encouragé à découvrir cet endroit lors de leur premier bal annuel d'Halloween. Elle savait que j'avais peu d'expérience dans le monde du BDSM mais m'a assuré que cela n'avait pas d'importance. Je pouvais juste regarder comment ça se passait, pour cette première fois. Si quelqu'un me demandait de faire quelque chose, elle me disait de lui faire part de mon inexpérience.

J'espérais qu'elle et son mari, Troy, étaient au club pour la grande fête, mais il n'avait pas voulu la ramener dans cet endroit, pour une raison quelconque. Je trouvais étrange qu'il ne veuille pas revenir dans l'endroit où ils s'étaient rencontrés.

"Tu viens souvent ici ?" me demanda le beau gosse, me sortant de mes pensées.

Ce n'est qu'alors que je réalisai que je n'avais même pas dit merci. "Oh, bon sang !" Je grimaçai et sentis le plastique de mon masque s'enfoncer dans mes joues. "Je suis désolée. Ça a été une sacrée semaine. D'abord, laissez-moi vous remercier de m'avoir offert ce verre. J'ai besoin d'une grande quantité d'alcool pour faire le vide dans ma tête, c'est la pagaille depuis une semaine. Et deuxièmement, laissez-moi répondre à votre question. Non, je ne viens pas souvent ici. C'est la première fois."

Quand ses lèvres se transformèrent en l'un des plus beaux sourires que j'aie jamais vus, je ne pus m'empêcher de remarquer ses dents parfaites. "Première fois, hein ? De l'expérience avec ce genre de choses ?"

Mon corps se tendit. Je n'avais pas l'habitude de parler de comment j'avais acquis mon expérience, aussi limitée fût-elle. "Eh bien, j'avais ce petit ami quand j'avais dix-neuf ans. Il aimait me donner la fessée. Et ça s'est transformé en un peu plus, un peu de bondage." J'hésitai à lui dire la suite, car notre petit jeu ne s'était pas bien terminé. Je ne voulais pas qu'il pense que j'avais peur de ce qui s'était passé. Mais Blyss m'avait exhortée à être honnête avec tout homme avec qui je pouvais envisager de faire quelque chose, alors je poursuivis : "En fin de compte, le BDSM s'est transformé en simple violence physique, couplée à de la violence psychologique. Ça s'est terminé quand il est allé en prison pour m'avoir battue et m'avoir laissée avec un bras et une mâchoire cassés."

"Merde." Sa réponse en un seul mot me fit baisser les yeux. Je savais qu'il avait pitié de moi et qu'il pensait probablement que j'avais été durablement affectée. Ses doigts prirent mon menton, relevant mon visage. Je vis de l'inquiétude dans ses yeux verts. "Ça va maintenant ?"

Je hochai la tête. "C'était il y a quelques années. Je m'en suis remise", lui dis-je.

Et c'était vrai, pour la plus grande partie. Le seul vestige de cette horrible période de ma vie était un cauchemar qui me surprenait de temps en temps, ce qui me faisait dire que cette brute avait quand même fait des dégâts.

"Tu peux m'appeler Monsieur S. Quel est ton nom ?" Il se pencha pour m'examiner.

"Katana", répondis-je, parce que je n'avais pas pensé à un nom alternatif. Blyss ne m'en avait pas parlé. "Katana Reeves."

"Enchanté, Katana Reeves." Il secoua la tête. "Je n'aime pas la foule. Tu veux te joindre à moi dans une des petites chambres ? On peut regarder un truc ensemble."

Je hochai de la tête alors il me prit la main et nous laissâmes la grande pièce derrière nous. Juste derrière lui, j'en profitai pour boire mon verre alors qu'il ne pouvait pas me voir. J'avais besoin de me détendre, et vite.

Alors qu'il poussait une porte, j'entendis d'horribles gémissements et je vis une femme ligotée et penchée sur une sorte de table. On entendait de nombreux chuchotements alors que quelques personnes regardaient ce qui semblait être une scène brutale.

Du coin de l'œil, je repérai un bar et je tirai sur ma main pour que M. S. me laisse. Il s'arrêta et se retourna pour me regarder, voyant le verre vide dans ma main. Il me sourit et nous allâmes au bar en premier. "Qu'est-ce que tu veux, Katana ?"

"Bourbon et coca-cola, s'il vous plaît." J'avais déjà l'impression qu'il s'occupait de moi, et c'était génial – exactement ce dont j'avais besoin après ma semaine intense.

"Un double shot de Michter's Celebration et du coca pour la dame et la même chose pour moi, avec des glaçons." Il posa son verre à moitié plein sur le bar, et je plaçai mon verre vide à côté du sien. Ses yeux vert foncé se déplacèrent vers mes lèvres. "J'aime ce rouge à lèvres noir que tu portes. Dommage que plus tard il soit tout effacé."

L'assurance de sa déclaration me surprit, et tout ce que je pouvais faire était de fixer cet homme sexy qui semblait être fait tout de muscles. Un frisson me traversa quand nos boissons furent apportées. Il prit la mienne, la plaçant dans ma main. Puis il prit son verre d'une main, ma main de l'autre, et m'emmena à une petite table pour deux au fond de la pièce.

Je déglutis lorsque j'entendis le bruit vif du cuir contre la chair et le hurlement de douleur qui suivit. Je fermai les yeux en pensant à ce dans quoi je m'embarquais.

Il passa son bras autour de mon épaule et me rapprocha de lui. Ses lèvres frôlèrent mon oreille tandis qu'il chuchota : "Tu es parfaitement en sécurité avec moi, Katana. Il n'y a aucune raison de t'inquiéter.

Assieds-toi et détends-toi. Profite du spectacle – alors peut-être que tu réfléchiras à ce que toi et moi pouvons trouver ensemble. Je te promets que tu ne te sentiras pas maltraitée tant que tu seras entre mes mains."

La façon dont il parlait, son regard, la façon dont il me touchait – tout cela me mettait à l'aise. C'était un parfait étranger, mais je me sentais attirée par lui comme je n'avais jamais été attirée par un autre homme. Le bruit d'une autre claque me fit regarder le couple sur la petite scène.

Se laissant pendre aux cordes, la femme avait l'air abattue. J'avais mal pour elle parce que je savais ce qu'elle ressentait. De plusieurs manières. Lyle Strickland n'avait pas été la première personne à me frapper et à me donner envie de mourir pour que la douleur s'arrête. Mais il serait sûrement le dernier.

Le Dominant détacha la femme puis porta son corps flétri sur un lit et le coucha avec douceur. Il se leva pour la laisser, ses bras se tendirent vers lui et elle lui dit en gémissant : "S'il vous plaît, monsieur."

"Maintenant tu me veux ?" lui demanda le Dominant. "Je croyais que tu voulais cet autre homme."

"Seulement vous, monsieur. Je ne suis faite que pour vous. S'il vous plaît, prenez-moi. Je suis à vous."

Comme nous n'avions pas vu le début du spectacle, je me dis qu'elle avait dû tromper le dominant et s'était fait prendre. Je regardai les yeux de M. S., et il ne semblait pas bien aimer cette scène. Ses lèvres étaient pincées.

Lui et moi n'avions pas l'air à notre place dans ce club BDSM. Le regard sur son visage était différent de celui de la majorité des autres hommes qui regardaient le spectacle. Il avait l'air dégoûté, alors que la plupart des autres semblaient attirés. Je devais admettre que cette scène ne m'avait pas plu non plus.

Si quelqu'un te trompe, tu le laisses partir. Pas besoin de les fouetter pour qu'ils t'aiment. Comme si cela pouvait arriver dans la vraie vie.

Cela ne me surprit pas lorsqu'il se pencha à nouveau près de moi.

"J'ai quelques jouets à mon hôtel. Et si on laissait cet endroit et qu'on allait là-bas ?"

Mon cerveau s'interposa. *Euh, coucou, Katana. Tu ne connais même pas le vrai nom de cet homme ni rien du tout à son sujet, sauf qu'il aime le BDSM.*

Soulevant un sourcil, j'osai demander : "Pourriez-vous me montrer des papiers d'identité avant que j'accepte votre offre ?"

En une fraction de seconde, il sortit son portefeuille et me montra son permis de conduire de Californie. "Je suis Nixon Slaughter, propriétaire de Champlain Services à Los Angeles." Il alla même plus loin et sortit une carte de visite, la glissant dans ma main avant de ranger son portefeuille. "C'est mon numéro. Tu te sens rassurée à l'idée d'être seule avec moi maintenant, Katana Reeves ?"

D'un signe de tête, j'acceptai ce qu'il voulait. "Je suis entre vos mains maintenant, M. S."

"Pour ce soir, j'aimerais qu'on m'appelle maître, petite esclave." Il se leva, me prit la main et nous partîmes.

3

NIXON

En entrant dans le hall de l'hôtel Heathman, Katana et moi avons eu le droit à quelques regards lorsque nous traversâmes le hall. Elle avait mis une cape rouge pour couvrir son déshabillé coquin, mais nous avions gardé les masques. C'était plus amusant comme ça.

Dans l'ascenseur, nous sommes montés avec deux autres couples. Ils semblaient sentir que nous n'allions pas faire des choses très morales et sont restés postées dans le coin le plus opposé à nous. Quand nous sommes sortis, les autres sont restés à l'intérieur, et nous avons ri tous les deux en marchant dans le couloir.

En mettant mon bras autour de ses épaules, je l'ai un peu serrée. "Tu crois qu'on les a intimidés ?"

"On dirait que oui." Katana sourit, et mon cœur battit plus vite. Son sourire était incroyable. Si lumineux, brillant et authentique. "Je suppose qu'ils pensent être tombés dans un ascenseur avec deux monstres."

. "Est-ce le cas ?", demandai-je en gloussant et en tirant la carte-clé pour ouvrir la porte de ma chambre d'hôtel.

Je la laissai entrer en premier, et elle regarda la pièce glamour autour d'elle. "Je vis à Portland depuis longtemps et je ne suis jamais rentrée ici. C'est comme un trésor de Portland."

"Oui, c'est vrai. C'est dans cet hôtel que je descends toujours quand je viens ici." Je fermai la porte, la verrouillant derrière nous.

Elle se retourna en entendant le son et regarda la porte. "Juste pour que tu saches, je n'ai jamais fait ça."

"Je croyais que si, mais que cela s'était mal terminé ?" Est-ce qu'elle se dégonflait ? Je ne lui avais encore rien fait.

Elle enleva sa cape et la déposa sur le dossier de la chaise devant le petit bureau. "Je veux dire, je n'ai jamais couché avec un homme que je viens de rencontrer." Elle me regarda et sourit timidement. "Ou es-tu un de ces mecs BDSM qui jouit avec la phase de punition et pas la phase sexuelle ?"

En quittant mes chaussures, je me demandai ce qu'elle pensait de tout ça. Elle semblait calme, mais elle venait d'entrer dans une chambre d'hôtel avec un étranger. Elle et moi n'avions discuté de rien en arrivant. Je n'avais pas encore tâté le terrain sur quoi que ce soit.

Pour ma part, je me sentais très différent de moi-même - et je n'avais aucune idée de pourquoi elle avait cet effet sur moi. Mais j'allais surmonter ça, c'est sûr. Katana avait en elle une beauté qui m'intriguait. Elle ne pouvait pas soutenir longtemps un regard. Et quand nous étions seuls à l'arrière de la voiture sur le chemin de l'hôtel, elle n'avait répondu que si j'avais dit quelque chose.

C'était presque comme si j'étais à nouveau un adolescent puceau, sans aucune idée précise de ce qu'il fallait faire, et Katana semblait avoir la même réaction à mon égard. Je ne trouvais plus mes mots alors que j'essayais de répondre à sa question. "Je, euh – voyons voir. Je ne prends pas mon pied en frappant, si c'est ce que tu me demandes. Et j'aimerais qu'on fasse l'amour, si ça ne te dérange pas."

Elle baissa les yeux, les yeux rivés sur le sol. "D'accord. Je veux dire, j'aimerais faire l'amour aussi. Ça fait longtemps que je n'ai rien fait."

"Combien de temps, Katana ?" J'enlevai ma veste et j'allai l'accrocher.

"À peu près un an."

Je laissai tomber la veste par terre et je me retournai. "Tu rigoles?!"
Elle secoua la tête, et mon cœur fut ému par la jeune femme.
"Environ un an et demi, en fait." Elle leva les yeux et regarda autour
d'elle pour finalement poser les yeux sur le minifrigo. "Je suppose
que tu n'as pas d'alcool là-dedans ?"

Je déboutonnai ma chemise, comprenant maintenant complètement son besoin d'alcool. La pauvre était frustrée. Je pouvais arranger
ça. "Pas besoin. Je sais comment étancher ta soif. Sur le lit, sur le dos.
Ton maître est sur le point de faire plaisir à son petit esclave."

"Dois-je d'abord me déshabiller ?" Elle posa la main sur sa hanche
et pivota le pied, telle une pin-up.

"Non. Fais juste ce que je t'ai dit." Je me déshabillai en gardant
mon boxer noir serré et je m'installai sur le côté du lit où elle s'était
allongée, m'attendant. "Ferme les yeux, esclave. Détends-toi."

Prenant son pied, je fis courir mes lèvres le long de sa longue
jambe, puis j'attrapai entre mes dents le haut de son bas en résille sur
la cuisse, le tirant vers le bas jusqu'à sa cheville. J'enlevai son talon
puis ôtai le bas.

En remontant les mains le long de sa jambe nue, je sentis la chair
de poule sur sa peau froide. J'enlevai son autre bas de la même
manière avant de m'installer entre ses jambes. Elle était nerveuse ; je
pouvais le sentir à sa respiration accélérée.

"L'une des règles du club est que tout le monde est dépisté et que
les femmes s'occupent de la contraception." Je me penchai et respirai
sur sa chatte couverte par sa culotte, son jus coulant déjà à travers le
tissu fin. "Tu t'es occupée de tout ça, esclave ?"

"Oui, Maître." Je vis ses mains se fermer en poings au-dessus du
couvre-lit. Elle se tendait dans l'attente de ce que j'allais faire.

"Tu n'as rien à craindre. Notre mot de passe est rouge. Dis jaune si
tu commences à te sentir mal à l'aise. Compris ?" J'ai encore soufflé
sur sa chatte.

"Compris, Maître." Elle commença à trembler, et je savais qu'elle
laissait son esprit l'emporter sur elle, s'inquiétant de ce dans quoi elle
s'était embarquée.

Elle était loin de se douter qu'elle avait un gars plutôt génial qui s'assurerait qu'elle obtienne ce qu'elle était venue chercher dans le Donjon. "Je vais t'arracher ta culotte et couper tes vêtements. Ne t'inquiète pas, je ferai envoyer quelque chose pour demain matin. Je te veux toute la nuit, esclave."

Elle se tendit encore plus mais ne dit rien. Je souris tout en me réjouissant de savoir qu'elle me faisait autant confiance, même si elle n'avait absolument aucune raison de le faire à ce moment-là.

D'un seul coup, j'arrachai sa culotte et mis ma bouche sur sa chatte, passant ma langue dans ses plis chauds. Elle gémit doucement puis devint plus bruyante lorsque j'embrassai ses lèvres. Lèvres qui n'avaient pas vu d'action depuis trop longtemps.

Ses gémissements faisaient de plus en plus grossir ma queue. J'ai tout de suite su qu'il allait être difficile de garder le contrôle avec elle. Mais j'aimais les défis, alors je ne pensai qu'à lui faire plaisir et ignorai mon membre viril tendu. Il allait obtenir ce dont il avait envie bien assez tôt, et autant qu'il le voulait, quand je mettrais ma grosse queue dans sa chatte trempée apres qu'elle ait joui plusieurs fois pour moi.

Bougeant ma langue à l'intérieur d'elle me délectant de son jus décadent, je perdis le contrôle pendant un instant alors que mon cerveau faisait une sieste pendant que mon dieu sexuel intérieur se régalait de sa délicieuse chatte. Oh, mais elle avait le goût du péché au paradis !

Même si elle avait bon goût, je voulais savoir ce qu'un orgasme pouvait faire pour améliorer ça. En sortant ma langue de sa chatte, je m'occupai de son clitoris, qui était gonflé et faisait trois fois sa taille d'origine. Je le fis rouler entre mes lèvres, je le suçai, puis fit courir ma langue sur lui à mesure qu'il grandissait encore plus.

Ses gémissements devenaient plus forts, et son corps s'arqua vers moi. J'entendais ses poings marteler le lit, puis elle gémit en se laissant aller. Je me déplaçai vers le bas, impatient de mettre ma langue en elle pour sentir comment elle se contractait pendant son orgasme.

Ma langue affamée rencontra son jus alors que je l'enfonçai dans sa chatte serrée. Elle resserra son vagin sur ma langue qui allait et venait à l'intérieur, encourageant son corps à continuer de jouir pour moi. Stupéfait par tout ce qu'elle me donnait, je sus que j'avais choisi une femme mûre pour la nuit. Je ferais de cette soirée une nuit dont elle se souviendra longtemps. Une nuit sur laquelle elle pourra jouir si elle ne couche avec personne pendant un long moment.

J'enlevai ma tête de sa chatte trempée pour la regarder. Elle était magnifique, haletante, les yeux fermés. Le masque était toujours sur son visage, la cachant un peu de moi. Pendant un moment, je pensai à enlever les masques. Mais en fait non. Les masques donnaient de l'anonymat à ce que nous faisions. Cela faisait partie de l'excitation que de baiser quelqu'un sur qui on n'avait pas toutes les informations, et qui ne s'en souciait pas.

En descendant du lit, je vis ses magnifiques yeux bleus ouverts, et elle me regarda aller chercher quelques affaires. "Merci, Maître. J'en avais vraiment besoin. Tu avais raison. Je n'avais pas besoin d'alcool pour faire ça. Tu es très bon à ce que tu fais."

"Content que ça t'ait plu, esclave. Maintenant, dis-moi quelle intensité de douleur tu veux ressentir et je te le donnerai aussi." Je sortis certains de mes jouets préférés de ma valise et je me retournai avec quatre jeux de menottes moelleuses. "Et qu'est-ce que tu penses d'être attachée ?"

Elle s'assit et fit courir ses mains sur ses seins qui pointaient. "Je n'ai pas été attachée depuis longtemps. Je ne l'ai jamais permis après ce qui m'est arrivé." Mon visage dut montrer ma déception parce qu'elle ajouta rapidement : "Je te fais confiance, Maître. Je suis entre tes mains compétentes et je ferai tout ce que tu veux. Elle s'allongea. « Vas-y, attache-moi. Je suis ton jouet »

Ma bite tressauta à ces mots. *Mon jouet ?*

Quel régal !

4

KATANA

Les seuls mots que je pouvais utiliser pour décrire le corps de Nixon étaient totalement inadaptés. Le renflement de son boxer noir serré ne laissait rien à l'imagination. Il était mieux doté que n'importe qui et ma chatte palpitait d'envie de son énorme membre.

Le dernier clic que j'entendis me laissa attachée au lit, dans une position écartée. Mon déshabillé était encore intact, mais pas pour longtemps, je le savais, lorsqu'il revint vers moi un couteau à la main. La lumière scintillait sur la longue lame ; mon cœur se mit à battre avec la peur que l'objet provoquait. Je déglutis, fermant les yeux en sentant la lame froide contre ma peau.

Mes oreilles entendirent des sons doux et déchirants alors qu'il découpait le tissu fragile qui cachait à peine mon corps de ses magnifiques yeux verts. Une fois qu'il eut tout coupé, je sentis la pointe de son couteau qu'il déplaçait sur moi. Il s'arrêta sur un de mes mamelons, et je sentis le sang battre dans mon téton sensible. J'ignorais que jouer avec un couteau pouvait être aussi séduisant et érotique. Chaque fois que j'y avais pensé auparavant, j'imaginais que j'aurais eu trop peur pour en profiter.

Comme j'avais tort.

Le couteau descendit sur le côté de ma poitrine, et la bouche de Nixon vint remplacer la lame sur mon téton. Il le tira avec ses dents, et je gémis, la légère douleur me traversant de la meilleure façon possible. Puis il la calma avec quelques lèchements doux avant de me mordre et de me faire pousser un cri.

Son rire était profond et sinistre. Il aimait me faire pleurer de douleur. La lame se déplaça de haut en bas sur mon flanc, provoquant en moi à la fois des frissons et de la chaleur. Ce serait si facile pour lui de me déchiqueter avec ce long couteau tranchant, mais il n'allait pas le faire. Je le sentais.

Nixon passa le couteau sur mon estomac puis jusqu'à l'autre sein, et il déplaça le fil jusqu'à ce que je sente le tranchant sur la base de mon téton. Un faux mouvement et je le perdais. J'arrêtai de respirer.

Merde, est-ce que je me suis livrée à un meurtrier ?

Bien sûr, il m'avait donné sa carte avec son nom et son numéro, mais quelle importance si j'étais morte ?

Le mot de sécurité, rouge, tourna dans mon cerveau, mais avant que je puisse le dire, le couteau avait disparu et sa bouche chaude était sur mon sein. Il suça fort et longtemps, le couteau froid posé sur mon ventre. Je gémis quand la douleur de sa forte succion se mélangea au plaisir profond que je ressentais. Je n'avais jamais rien senti de tel. Je n'avais jamais eu quelqu'un qui m'avait sucé le sein avec autant d'agressivité et pendant si longtemps, et l'orgasme qui me submergea me prit par surprise.

"Mon Dieu !", criai-je avec cette sensation. Tout mon corps résonnait au rythme d'un orgasme complètement différent de ceux que j'avais eus avant.

La voix de Nixon s'approcha doucement de mon oreille, "Tais-toi, esclave. On ne fait que commencer."

Tout mon corps trembla. *On ne faisait que commencer ?*

J'avais déjà eu deux vagues monstrueuses et nous ne faisions que commencer ?

Avais-je l'endurance nécessaire pour tenir toute la nuit ?

Je le vis s'éloigner de moi, son beau cul remuant à chaque pas.

Oui, je peux trouver l'endurance pour passer la nuit avec lui !

Mes bras désiraient ardemment s'enrouler autour de son corps musclé, et sans réfléchir, je tirai sur les menottes qui les tenaient. Mes jambes aussi, voulant s'enrouler autour de lui, le serrer contre moi.

Ma chatte, toujours palpitante à cause de l'orgasme, en voulait plus. Elle voulait que sa queue soit enterrée si profondément en moi que ça dépassait tout entendement. Je mourais d'envie de le sentir jusque dans ma poitrine. Et je le voulais maintenant. "S'il te plaît, Maître, prends-moi maintenant" – les mots sortirent sous forme d'appel gémissant.

Il s'arrêta et se retourna. Ses yeux étaient durs et froids tout d'un coup. "Es-tu en train de dire à ton Maître ce qu'il doit faire, esclave ? C'est un motif de punition, tu le sais sûrement."

Je ne le savais pas. Je veux dire, je le savais, mais je ne le savais pas. Je pensais avoir formulé ma demande de sorte à ce que je n'aie pas l'air de lui dire quoi faire, mais j'avais dû me tromper.

Il alla vers sa valise et en retira une longue ceinture en cuir noir. Je sursautai quand il s'approcha de moi et défit toutes les menottes. Je restai parfaitement immobile. Il m'agrippa par la taille et me tira jusqu'à ce que je sois face contre terre sur ses genoux.

Un coup de ceinture me fit pousser un cri, et il m'en donna trois autres rapidement. "Vas-tu encore dire à ton Maître ce qu'il doit faire, esclave ?"

Mon corps était en feu à la réaction de la fessée. Mais pas dans le mauvais sens. Mon hésitation à lui répondre me fit obtenir trois coups de plus, et je frémis alors que ma chatte mouillait de désir.

J'en voulais plus.

Je ne répondis pas, et il me donna trois autres coups avant de me demander : "Est-ce que mon petit esclave aime être puni ?"

"Oui," gémis-je. "Plus, s'il te plaît."

"Et c'est reparti." Il m'en donna trois de plus, puis il tendit la main sous moi et inséra son doigt en moi, me trouvant plus mouillée que je ne l'avais jamais été de ma vie. "Ah, je vois maintenant pourquoi tu es si désobéissante." Il me pénétrait avec son doigt et se servit de sa main libre pour me fesser encore un peu plus.

Aussi fou que cela puisse paraître, je prenais complètement mon pied. Son doigt n'arrêtait pas d'entrer et de sortir pendant que son autre main me frappait encore et encore. Puis il bougea son doigt d'un mouvement plus stimulant, touchant mon point G – que je n'étais même pas sûre d'avoir, puisque aucun autre homme ne l'avait jamais trouvé, ni moi. J'explosai instantanément avec un orgasme et je me mis à pleurer de libération.

Des larmes coulaient de mes yeux comme des rivières alors que mon corps laissait tout aller. La tension que je portais depuis des semaines – peut-être même des mois ou des années – semblait se transformer en liquide et s'échapper de mon corps à travers mes yeux et ma chatte.

Avant que je réalise ce qui se passe, il m'a allongée sur le dos et a tiré mon cul sur le bord du lit. Il se mit à genoux et lécha la crème épaisse que j'avais lâchée pour lui. Les sons venant des profondeurs de sa gorge me firent penser qu'il n'avait jamais goûté à quelque chose d'aussi bon. Ça m'a fait quelque chose.

Pourquoi est-ce que ça ne peut durer qu'une seule nuit ?

Je secouai la tête à cette pensée et je m'essuyai les yeux. Je ne pouvais pas me mettre à penser à l'avenir. Qui sait, il en redemanderait peut-être de temps en temps ?

Quand il fut rassasié, il se leva, essuyant la mouille de ma chatte restée sur son menton avec le dos de sa main. "Suce-moi."

Je m'empressai de me mettre à quatre pattes sur le lit, et son érection était juste à mon niveau. Je soulageai sa grosse queue de son caleçon et la trouvai dure comme un roc.

Le prenant dans mes mains, je regardai la belle chose et me léchai les lèvres, anticipant à quel point ma bouche serait pleine. J'ouvris et fermai la bouche plusieurs fois, étirant ma mâchoire, puis je léchai le gland et pris dans ma main la base de sa queue.

Seul le quart supérieur rentrait dans ma bouche, et j'utilisais mes mains pour couvrir le reste. Après seulement quelques va-et-vient, je sentis le besoin de lui en donner plus. Il m'avait tant donné, après tout.

Je le retirai ma bouche et remarquai le regard confus qu'il me lança. Mais il comprit vite ce que je faisais quand je me mis sur le dos et que laissai tomber ma tête au bord du lit. Il sourit et me mit sa queue dans la bouche. Dans cette position, je pouvais le prendre entièrement, mais c'était à lui de bouger.

Sa bite glissa dans ma bouche et cognait le fond de ma gorge, m'étouffant un peu, mais il la poussa plus bas. Je fermai les yeux lorsque des larmes commencèrent à couler - non pas parce que j'avais mal, mais par réaction naturelle à l'étouffement. Au début ses mouvements étaient lents puis allant de plus en plus vite jusqu'à ce qu'il se décharge directement dans le fond de ma gorge.

"Mon Dieu !" cria-t-il en sortant sa queue de ma bouche. "Putain !" Il respirait lourdement assis sur le lit, haletant et soufflant. "Personne n'a jamais fait ça pour moi. On m'a toujours dit qu'elle était trop grosse."

Je m'assis et il tourna la tête pour me regarder. Je ne pus m'empê-cher de sourire, me sentant extraordinairement satisfaite de moi. "Tu n'es pas trop grand, tu fais pile la bonne taille. Pour moi, en tout cas."

Il esquissa un sourire et me jeta sur le dos et m'embrassa avec force. Nos goûts se confondaient, et nous gémissions tous les deux en sentant à quel point ils allaient bien ensemble.

Quand il me monta, j'écartai largement les jambes pour lui et il glissa directement en moi, sa queue déjà dure, m'étirant pour que je m'adapte à sa taille. Ça brûlait et je gémis de douleur. Mais après c'était génial. Il me pilonnait plus profondément que je ne l'avais jamais été. Nos corps se donnant l'un à l'autre avec une force que je n'avais jamais connue.

Lorsque nous sommes venus en même temps, nos regards se bloquèrent.. Je sentais tout si profondément. Il s'immobilisa en moi alors que nous essayions de reprendre notre souffle. Nous nous fixions l'un l'autre – ses bras étaient tendus de chaque côté de ma tête, nous haletions comme des animaux. Je n'avais aucune idée de ce qu'il pensait. Mais j'avais mes propres pensées sur lesquelles me concentrer.

Ça ne peut pas être réel !

5

NIXON

Le temps que nous avons partagé ensemble passa beaucoup trop vite. Katana et moi avions fait tout ce à quoi je pouvais penser, et pas une seule fois elle n'avait semblé avoir la moindre appréhension par rapport à ce que je lui avais fait. Pour deux parfaits inconnus, nous étions liés de telle façon qu'on avait l'impression de se connaître depuis toujours.

Nous n'avions dormi que quelques heures avant que le chauffeur que j'avais engagé vienne me chercher pour m'emmener à l'aéroport, où j'allais prendre le jet de la société pour retourner à L.A. J'avais du travail.

Quand je me retournai pour la réveiller, je vis que son masque s'était détaché pendant son sommeil. Le mien était resté en place, mais je le retirai en la regardant.

Le visage de Katana était aussi beau que je le pensais. J'avais défait ses sombres cheveux de sa tresse à un moment de la soirée, et ses longues mèches de cheveux étaient partout. Elle avait l'air d'un ange quand elle dormait, les lèvres gonflées par tous les baisers que nous nous étions donné. Je repoussai une mèche de cheveux de son visage, et elle gémit un peu avant d'ouvrir les yeux.

Je ne pus m'empêcher de sourire – elle avait l'air trop parfait. "Salut."

"Salut", répondit-elle en s'étirant. Puis sa main se leva pour me caresser la joue. "Tu es encore plus beau sans masque."

"Et tu es encore plus belle sans le tien." Je lui embrassai la joue. "Tu as bien dormi ?" Avant qu'elle ne puisse répondre, je la pris dans mes bras, la serrant comme je l'avais rarement fait avec qui que ce soit, surtout pas avec quelqu'un avec qui j'avais fait ce genre de choses.

Elle se blottit contre ma poitrine. "Tu m'as complètement épuisée. J'ai dormi comme un bébé. Je n'ai même pas réussi à rêver."

Avec un petit rire, j'acquiesçai : "On s'est donné à fond, n'est-ce pas ?"

"Je pense que oui. Ça va m'aider pendant un bon moment", dit-elle, puis elle s'échappa de mes bras et sortit du lit, se dirigeant vers la salle de bain.

Je regardais son cul rond, admirant la fossette au-dessus de chaque fesse quand elle quitta la pièce. Et je me surpris à soupirer. "Qu'est-ce que tu m'as fait, petite diablesse ?"

Le sexe avait été meilleur que tout ce dont je me souvenais. Elle semblait mieux dans mes bras et sous moi que personne ne l'avait jamais été. Mais c'était un coup d'un soir.

Bien sûr, je pourrais probablement l'appeler de temps en temps pour voir si elle aimerait avoir une autre histoire d'un soir, mais ce n'était pas vraiment comme ça que j'aimais faire les choses. Je préférais les coups d'un soir. Ca gardait les choses simples, et c'était mon but.

J'entendis la douche couler et je décidai que c'était le moment d'appeler la réception et de lui faire envoyer quelque chose à porter pour qu'elle puisse rentrer chez elle. "Rhoda à l'appareil. Que puis-je pour vous, M. Slaughter ?"

"J'ai besoin de vêtements en taille S." J'avais vérifié l'étiquette de son déshabillé coquin pour connaître sa taille. Elle avait des talons rouges alors je commandai quelque chose qui irait bien avec. "Pouvez-vous m'envoyer une robe noire ? Quelque chose de beau et de cher. Soutien-gorge et culotte assortis aussi." Je dus deviner la taille pour ça. "Le soutien-gorge en soixante-dix D. Et si vous pouvez trouver un joli collier qui mettrait le tout en valeur, ajoutez-le ; l'argent n'est pas un problème. Je veux le meilleur. Et s'il vous plaît, faites livrer l'ensemble dans ma chambre aussi vite que possible."

"Oui, Monsieur. Donnez-moi une demi-heure et je vous fait monter ça."

Je raccrochai le téléphone de l'hôtel et j'allai dans le placard pour récupérer mes vêtements pour rentrer à la maison. Mon téléphone portable sonna et en allant pour décrocher, je vis que c'était un numéro inconnu. "Allô ?"

"Salut, Nixon ?" me demanda un homme.

"Oui. Et vous êtes ?" Je me regardai dans le miroir en regardant ma barbe de trois jours. *Peut-être que je vais me laisser pousser la barbe*, pensai-je. *Un petit quelque chose pour me rappeler la nuit dernière.*

"C'est Owen Cantrell. Tu m'as donné ta carte hier soir. J'appelais juste pour voir comment tu allais. J'ai perdu ta trace hier soir et je voulais m'assurer que tu étais sorti sans problème."

"Euh, oui, je suis sorti sans problème." Je ne savais pas pourquoi il s'inquiétait.

J'ai vite compris pourquoi. "C'était une sacrée scène, hein ? Je n'ai jamais eu aussi peur de toute ma vie."

"De quoi ?" demandai-je, quelque chose clairement m'échappait.

"Les explosions, bien sûr", me répondit-il.

"Les explosions ?"

"Oui," continua-t-il. "Attends, tu es parti avant que ça arrive ?"

"Je pense que oui." Je retournai au lit et m'assis, me sentant un peu étourdi. "Il y a eu des explosions ? Quelqu'un a été blessé, ou pire ?"

"Heureusement, personne n'a été blessé. On a tous réussi à sortir d'une façon ou d'une autre." Il s'arrêta et j'entendis un bruit de bisou. "Désolé, je devais juste embrasser ma femme. C'était comme si on avait failli se perdre hier soir. C'était horrible. Le Donjon du Décorum est probablement fini. Il a été complètement détruit."

"Je n'arrive pas à y croire", marmonnai-je. "À quelle heure est-ce arrivé ?"

"Je n'en ai absolument aucune idée. Je n'arrivais pas à penser clairement jusqu'à il y a peu de temps. J'étais réellement choqué. Je n'arrête pas de penser à quel point ma femme et moi avons été proches de rencontrer notre créateur."

"Waouh. On dirait que j'ai bien évité la balle. Heureusement que j'ai trouvé quelqu'un et qu'on est partis tôt." Et j'en étais heureux pour d'autres raisons également.

"OK. Eh bien, il faudra qu'on se voie un peu quand on rentrera à Los Angeles. J'aimerais qu'on se voie avant le Nouvel An. À plus tard, Nixon", dit-il, puis raccrocha.

Mes yeux passèrent à la porte de la salle de bain, d'où Katana sortait. Elle avait enveloppé son corps parfait dans une serviette rose. "Est-ce que je t'ai entendu parler à quelqu'un ?"

"Oui", dis-je en posant mon portable sur la table de nuit. "Il semblerait qu'on ne retournera plus jamais dans ce club."

Ses sourcils foncés se levèrent. "Et pourquoi donc ?"

"Il est détruit. Il y a eu des explosions. Je ne connais pas toute l'histoire. Un de mes amis du club vient d'appeler pour savoir si je m'en étais bien sorti." Je me levai et marchai droit vers elle, la prenant dans mes bras, toujours aussi nu comme le jour où je suis né. "Je suis si content de t'avoir sortie de là avant qu'il arrive quelque chose, Katana."

"Mon Dieu, Nix. Quelle chance avons-nous ?" demanda-t-elle, et je sentis un frisson la traverser alors que son corps tremblait un peu.

Elle m'avait appelé Nix. Ma mère m'appelait comme ça. Personne d'autre ne l'avait jamais fait. J'avais une réputation qui m'empêchait de faire ce genre de choses. Mais j'avais adoré la manière dont ça sonnait dans sa bouche.

Je m'écartais un peu tout en la gardant dans mes bras et en la regardant avec un large sourire. "Nix, hein ? OK, accordé. Mais est-ce que ça veut dire que je peux t'appeler Kat ?"

Avec un soupir, elle fit un faible sourire. "Je ne sais pas si on va continuer à s'appeler quoi que ce soit. Quand on partira d'ici, c'est fini. Pas d'attaches. Je me souviens comment tout cela fonctionne. On a eu une nuit chaude, et il n'y aura rien de plus. Je connais les règles. Je ne vais pas te déranger."

J'aimerais bien qu'elle me dérange.

Je hochai la tête, sachant qu'elle avait dû signer quelque chose au club qui la liait à cette promesse. Mais ça ne m'empêchait pas de me sentir un peu mal à ce sujet.

J'aimais vraiment bien cette femme. "Tu as mon numéro si jamais tu as besoin de moi. Je ne pense pas que tu en auras besoin – mais si jamais, tu l'as."

"Je ne vais pas l'utiliser." Elle tourna la tête. "Ce n'est pas pour ça qu'on est allés à ce club, non ? On est allés là-bas pour une nuit chaude de sexe fou, et on l'a eue." Elle me regarda à nouveau, et je vis quelque chose scintiller dans le fond de ses yeux bleus. Ses mains se déplacèrent sur le haut de mes bras, atteignant mon visage pour le caresser. "Je garderai le souvenir d'hier soir dans ma tête pour toujours, Nixon Slaughter. C'est le plus cher jusqu'à présent." Elle embrassa doucement mes lèvres.

Ce fut à mon tour de ressentir un frisson, et mon corps trembla pendant un moment. Je resserrai mon emprise sur elle, la rapprochant de moi et l'embrassant d'une manière encore jamais faite avec une soumise pour un coup d'un soir.

Un coup à la porte interrompit ce qui se serait certainement transformé en une autre escapade sexuelle. Mon cerveau en fut reconnaissant ; ma bite ne l'était pas. "Ce sont tes vêtements. Mets-les pendant que je prends ma douche. Ne t'avise pas de partir. Le chauffeur que j'ai engagé te ramènera chez toi après m'avoir emmené à l'aéroport. Je te ramènerais bien d'abord à la maison, mais je dois aller au bureau une fois rentré. La plupart des jours sont des jours de travail pour moi."

"D'accord", dit-elle en souriant. "C'est très gentil de ta part."

Gentil ? J'étais gentil ?

Je la laissai, sachant que je n'étais pas moi-même avec elle. J'étais tout sauf gentil. À L.A., j'étais connu pour ma réserve et pour n'avoir jamais fréquenté quelqu'un pendant plus de deux semaines. La plupart du temps, les affaires m'occupaient l'esprit. Mes aventures m'avaient accusé de les négliger, d'avoir répondu à des appels en plein dîner, de m'être levé et d'être parti, d'avoir laissé mes rendez-vous seules sans aucune explication sur la raison.

Pendant que je me douchais, j'essayais de penser au boulot pour remettre la tête en ordre, mais Katana n'arrêtait pas de me revenir à l'esprit avec son doux sourire ou son baiser chaud.

Je devais me dépêcher de ramener la petite Katana sexy chez elle et loin de moi. Ses griffes semblaient s'enfoncer en moi, et ce n'était pas quelque chose que je pouvais accepter.

6

KATANA

Assise devant mon ordinateur pour travailler sur une nouvelle couverture de livre, je portais toujours la magnifique robe que Nix m'avait achetée. Nous nous étions séparés quelques heures auparavant et son baiser d'adieu me chatouillait encore les lèvres.

Je regardais, les yeux dans le vide, l'écran de l'ordinateur. Mon esprit ne pouvait se concentrer sur autre chose que les événements d'hier soir. Quand mon téléphone portable sonna, je sursautai et le regardai en espérant que ça soit lui.

Mais ça ne pouvait pas être lui. Il n'avait pas mon numéro. J'avais le sien, mais je ne l'appellerai jamais. Ce n'était pas la place d'une soumise d'appeler son Maître, même si leur pacte n'était que pour une nuit.

Le nom de Blyss s'afficha mon téléphone et je répondis à l'appel. "Salut, Blyss. Comment ça va ?"

"Tu as l'air trop calme, Katana. Tu n'es pas allée au club hier soir ?" demanda-t-elle.

"Si, mais je l'ai quitté peu de temps après mon arrivée, car le plus beau Dominant m'a choisie avant que j'aie eu l'occasion de vraiment voir le club dont tu m'as tant parlé." Je me levai et me dirigeai vers la fenêtre pour regarder à l'extérieur en évoquant le souvenir de la première fois où j'avais posé les yeux sur Nix.

La voix de Blyss me sortit de ma rêverie avant que je puisse vraiment commencer à rêver de cet homme. "Vous n'étiez pas dans le club quand le chaos a éclaté ?"

Oh, ça ! "Non. Non, lui et moi sommes partis très tôt, Dieu merci. Quelqu'un du club l'a appelé et lui en a parlé. On dirait qu'on a esquivé une balle."

"C'est tout à fait ça." Elle semblait beaucoup plus calme qu'avant. "Ok, donc ce Dominant, dites-moi tout sur lui et ce que vous avez fait."

J'appuyai mon épaule contre la vitre de la fenêtre et je soupirai. "C'était le meilleur amant que j'aie jamais eu. Non pas que j'en ai eu plein. Bon, ok, j'en ai eu deux, et ça faisait plus d'un an que je n'avais pas fait l'amour."

"Tu ne t'es même pas masturbé ?", m'interrompit-elle.

"C'est personnel !" Je ris. "Mais non, même pas. Peut-être que ça a été aussi intense et aussi satisfaisant à cause de ça, je ne sais pas. Mais c'était électrique, et je n'arrête pas d'y penser. Est-il possible d'avoir une gueule de bois à cause du sexe, Blyss ?"

Elle rit. "J'en ai eu plus d'une comme ça. Mais quand on a un homme aussi intense que le mien, on baise à fond au moins une fois par mois, avec de bonnes parties de jambes en l'air presque tous les jours."

"Alors c'est comme ça que ça serait si j'avais un truc avec un Dominant sur le long terme ?", demandai-je alors que cette idée provoqua en moi de choses qui me firent frémir.

"Tu penses à te trouver un Dominant à plein temps à cause de hier soir, Katana ?" demanda-t-elle avec une pointe d'humour dans la voix.

"Ce n'est pas n'importe quel Dominant qui ferait l'affaire. Mais ce mec ne voulait rien qui dure plus d'une nuit. Il ne vit même pas dans cette ville." Je m'éloignai de la fenêtre et je retournai m'asseoir.

"Alors, il a réussi à t'enlever tout ce stress accumulé ? Je sais que tu avais un sacré emploi du temps la semaine dernière, tu devenais folle." Elle rit encore. "J'espère qu'il a réussi à t'enlever ça."

Tout le stress avait disparu, et ce devait être à cause de lui. "Oh, oui, il m'a débarrassée de tout ça. Bien mieux que la masseuse recommandée par mon amie."

Elle gloussa en connaissance de cause. "Tu m'étonnes."

En passant ma main dans mes cheveux, je libérai le parfum du shampooing de l'hôtel et une image de Nixon apparut dans ma tête. Il fallait que je pense à autre chose. "Alors, comment va le mari, Blyss ? Troy va bien ?"

"Oui, ça va. Nous allons emmener les enfants faire du lèche-vitrine pour les cadeaux de Noël", me dit-elle. "Nous faisons ça chaque année pour savoir ce qu'ils veulent, et puis on leur fait la surprise de leur en offrir une partie à Noël. C'est une tradition amusante que nous avons depuis des années."

"Déjà Noël ?", demandai-je. "C'est à peine le lendemain d'Halloween."

"Ouais, je sais. C'est le jour traditionnel où on fait ça. Comme ca nous avons assez de temps pour nous être sûrs d'avoir ce qu'ils veulent vraiment. Je fais toujours mes courses de Noël avant Thanksgiving. Parce que le lendemain de Thanksgiving, nous installons le sapin de Noël et j'ai des cadeaux prêts à partir tout de suite. Nous sommes très attachés aux fêtes de fin d'année dans cette famille."

"Je suis contente que tu t'aies trouvé une grande famille avec qui vivre tout ça et à aimer. Tu mérites tout ça, Blyss," dis-je. C'était la meilleure personne que j'aie jamais rencontrée dans les foyers d'accueil.

"Oh, merci, Katana. Tu sais que tu mérites le bonheur aussi." Elle fit une pause, et je pouvais dire qu'elle réfléchissait. "Je m'inquiète pour toi parfois. Tu restes trop toute seule, planquée dans ton petit appartement à Portland, à faire ces couvertures de livres. Je sais que tu gagnes beaucoup d'argent, mais ça t'enlève à ta vie sociale. Tu as vraiment besoin de sortir plus souvent. Fais-en une habitude. Arrête de travailler à cinq ou six heures, va te pomponner et sors au lieu de travailler toute la nuit."

"Je ne sais pas." L'idée de sortir et de finir au lit avec un autre gars me mit très mal à l'aise tout d'un coup. Je savais que je n'appartenais pas à Nixon, mais il y avait quelque chose qui me disait que je serais déçue si j'allais coucher avec un autre homme. En plus, je ne pouvais penser à personne d'autre à ce moment-là, encore submergée par notre merveilleuse nuit ensemble. "Je n'aime pas les clubs. La seule raison pour laquelle je me suis inscrite au Donjon du Décorum est à cause de la sécurité qu'il m'apportait. Aucun abus n'est toléré, et j'avais un numéro à appeler si cela se produisait."

"Ouais, je sais que ce salaud t'a fait à l'époque. Sais-tu s'il est toujours en prison ou pas ?", demanda-t-elle avec de l'inquiétude dans la voix.

Je ne savais rien de l'homme qui avait laissé des cicatrices perma-nentes sur mon corps, mon cerveau et mon cœur. "Je ne sais rien de lui. Ça fait quatre ans que j'ai quitté Flagstaff. Autant que je sache, il ne sait pas où j'ai déménagé. Lyle Strickland est un homme auquel j'essaie de ne pas penser." Je m'arrêtai un moment pour réfléchir à la relation que j'avais eue deux ans après avoir quitté Lyle, après avoir déménagé à Portland. "Je sais que c'est à cause de lui que ça n'a pas marché avec Jimmy non plus. Je ne lui ai jamais fait confiance pendant les six mois qu'on a passé ensemble."

"Je sais combien c'est dur de retrouver cette confiance. J'ai eu ma part de torture dans le passé. Non pas que je veuille en parler. C'est mieux de ne rien faire. Bon, je ferais mieux d'y aller. J'entends déjà les enfants faire des histoires. Je t'aime, Katana."

"Je t'aime aussi, Blyss. Je te rappellerai bientôt. Amusez-vous bien. Au revoir." Je mis fin à l'appel et je penchai la tête en arrière, en pensant à mon passé.

Quand Lyle m'avait approchée à juste dix-neuf ans, j'avais cru avoir gagné le gros lot. Il était plus âgé, avait vingt-cinq ans, et telle-ment dominant. J'avais supposé que j'aimais ce genre de chose parce que personne ne s'était jamais autant soucié de moi. J'avais pris ça comme un signe qu'il m'aimait vraiment.

En fait, il aimait vraiment contrôler chacun de mes mouvements, et puis il avait vraiment aimé me casser la gueule. Mes bleus et mes fractures avaient guéri, mais mon cœur et mon âme restaient en mauvais état.

Même si Nixon Slaughter frappait à ma porte pour sortir avec moi, je n'étais pas la femme pour lui. J'avais encore des moments de détresse émotionnelle, ce qui prouvait que je n'étais pas prête pour être la copine de qui que ce soit.

Le pauvre Jimmy avait récupéré les morceaux quand il s'était mis avec moi. Quelques années s'étaient écoulées depuis l'horreur avec Lyle, et je pensais que j'étais passée à autre chose. Jimmy était tout sauf dominant. Le pauvre gars se laissait marcher sur les pieds. Je pensais que c'est pour ça que les choses se sont terminées si vite entre nous. Je l'avais poussé à me dominer, mais ce n'était pas fait pour lui. Il n'avait pas réussi.

Je savais que j'avais eu une vie difficile. Je savais que j'avais des problèmes psychologiques avec ça. C'était si mal d'avoir besoin d'un homme qui prendrait le contrôle et me traiterait comme si j'étais sienne ?

Il ne semblait pas que les femmes modernes voulaient ce que je voulais. Pas la plupart en tout cas. Je voulais cette main ferme. Je voulais ce contact brutal. J'en avais envie. Et je pensais avoir trouvé ça avec Lyle. Mais ce que j'avais découvert, c'est que l'on ne pouvait pas faire confiance à tous les hommes dominants.

Et je ne pouvais pas non plus être heureuse avec un homme qui n'était pas au moins un peu dominant.

Je me sentais coincée dans une ornière terriblement profonde. Ce que je voulais le plus, c'était ce qui m'avait tant blessée dans le passé et qui m'avait rendue méfiante à l'égard des relations. Et je n'avais aucune idée de ce que je pouvais faire pour y remédier. Être seule n'était pas la solution non plus.

En me levant, je retournai à mon bureau et je cherchai sur l'ordinateur des photos d'hommes sexy et musclés afin d'en choisir une pour la prochaine couverture de livre que je devais faire.

Un par un, je les éliminai tous, puisque aucun pouvait rivaliser avec Nixon. Ses abdominaux serrés, sa poitrine large avec des pectoraux massifs, ses biceps – personne n'était à sa hauteur.

Comment diable pouvais-je le sortir de ma tête ?

Le temps finirait-il par me débarrasser de ce souvenir parfait ? Est-ce que j'en aurais envie ?

Ça avait été une nuit parfaite. La meilleure de toute ma vie. Pourquoi voudrais-je l'oublier ?

Peut-être parce que ça me hantait déjà. Peut-être parce que je savais déjà qu'aucun autre homme ne pouvait rivaliser avec Nixon Slaughter.

J'étais condamnée.

7

NIXON

Ce trajet en voiture fut un réel plaisir par ce temps d'automne. L'heure passée dans les embouteillages pour sortir de l'aéroport ne me dérangea même pas. Après tout, ça me donnait le temps de penser à ma nuit avec Katana.

Ça faisait peu de temps que je l'avais quittée, mais je devais admettre qu'elle me manquait un peu trop. Elle avait mon numéro, et j'espérais qu'elle appellerait. Peut-être qu'elle me demanderait de venir jouer ce week-end. Mais le téléphone n'a jamais sonné.

Quand le trafic commença à se libérer, j'arrivai jusqu'à mon immeuble. Champlain Services, situé à l'intérieur des tours Century Plaza sur Century Park East, était ma maison quand je n'étais pas chez moi. Avec six bureaux au dernier étage, nous avions une vue magnifique sur la ville.

Quand je suis arrivée à la réception, je vis mon assistant administratif, Blake, occupé au téléphone. Je lui fis signe et j'allai dans mon bureau. Il s'arrêta au milieu de sa conversation pour me rappeler : "N'oubliez pas que vous avez la réunion Skype ce matin, patron."

"Merci." J'avais oublié la réunion, mais je n'étais pas en retard, même avec l'heure perdue dans la circulation.

En entrant dans mon bureau, j'allumai l'écran d'ordinateur sur le mur et je me préparai pour la réunion avec mes partenaires dans le projet de boîte de nuit. L'appel venait du bureau de Gannon Forester, je cliquai sur le bouton « Accepter » et je vis son adorable petite secrétaire qui me regardait depuis leur salle de conférence dans ses bureaux. "Bonjour, M. Slaughter. Contente de vous revoir."

"Moi aussi, Janine. Est-ce que Gannon est là ?" Je pris ma chaise la plus confortable et je m'installai pour la réunion.

"Oui, Monsieur. Et je vais ajouter M. Harlow à cette réunion dans un instant. Ne bougez pas", dit-elle en souriant, puis elle remonta un peu ses lunettes à monture épaisse sur son nez.

Au bout d'une minute, le visage d'August Harlow remplit la moitié de l'écran. "Salut, le moche", plaisantai-je avec lui.

"Salut, le trésor," dit-il en riant. "Comment va la vie ? Tu n'étais pas en ville hier. Où étais-tu ?"

"Oh, nulle part en particulier. Je t'ai manqué ?" Je lui fis un clin d'œil.

"Bien sûr, mon petit bouton d'or. Halloween était nul sans ton joli petit cul", plaisanta-t-il avec moi. "Mais sérieusement, tu as raté un sacré bon moment. Gannon et moi on s'est amusés avec des infirmières. Pour le moins, elles étaient habillées en infirmières. Elles étaient trois et on n'était que deux, et l'un d'entre nous a failli être exclu jusqu'à ce que je décide que je pouvais en gérer deux à la fois."

"Quel héros", dis-je en applaudissant. "Toujours à aider les citoyens de notre beau pays, August." Retraité des Marines à seulement trente ans, August avait vu des merdes assez sinistres dont il n'aimait pas parler.

"Je fais ce que je peux. Étant à la retraite, je ne peux qu'aider aux États-Unis. J'aime entretenir le moral des troupes ici." Il rit à nouveau, puis le visage de Gannon remplit l'autre côté de mon écran.

Le sourire de Gannon était toujours aussi éclatant lorsqu'il nous salua : "Bonjour, Messieurs. Et j'utilise ce terme à la légère."

August prit les devants, comme d'habitude. "C'est donc le moment pour nous d'oublier nos chamailleries et de nous mettre d'accord sur un nom pour cette boîte de nuit."

On s'était disputés sur ce point pendant trop longtemps. Il fallait prendre une décision maintenant. Alors je leur rappelai mon idée une fois de plus. "Que les choses soient claires, j'aime bien le nom Club X."

Je savais que c'était Gannon qui aurait quelque chose à dire là-dessus. "Et je vous l'ai déjà dit, ce nom est beaucoup trop commun."

August fit remarquer un problème majeur à Gannon. "Oui, mais Gannon, tu n'as pas encore trouvé un seul nom. T'as eu aucun problème à démonter tous ceux qu'on a trouvés. Donc je te mets au milieu de ce débat et je te mets au défi de trouver un nom à la volée. Tu as une minute."

Donner une minute à Gannon pour faire quoi que ce soit était un peu exagéré. C'était un penseur, pas un fonceur. "Quoi ?" Son regard passa d'August à moi avec un air de panique sur son visage. "Je ne suis pas si créatif. Vous l'êtes, les gars."

Je regardai ma montre, puis à nouveau Gannon. "Tu perds ton temps, Gannon."

August regardait aussi sa montre. "Le temps presse. Trente secondes, Gannon, ou on garde Club X."

"Non ! Attendez, donnez-moi une minute de plus. Je suis terrible sous pression." Gannon se pinça l'arête du nez, comme s'il devait utiliser toute sa concentration pour obtenir un nom qui lui vienne à l'esprit.

August ne plaisantait pas et n'allait pas lui donner plus de temps. "Non, pas de prolongation. Et on s'arrête dans dix, neuf..."

Je me relaxai sur ma chaise, presque sûr que le club obtiendrait le nom que je lui avais trouvé.

Les yeux de Gannon s'ouvrirent et c'était comme si une ampoule venait de s'allumer dans sa tête. "Le Huppé !"

Il fallait que je sourie ; j'ai tout de suite aimé le nom.

August acquiesça d'un signe de tête, et il avait aussi un large sourire. "Le Huppé. J'aime bien."

Je gloussai. "Moi aussi. Le Huppé, alors." Je regardai August. "On dirait qu'on a eu une réunion productive, August. Il est temps de retourner à nos vrais boulots. On se voit plus tard dans la semaine.

Nixon, parti." J'éteignis l'écran et je me levai pour commencer mon vrai travail.

Je devais faire deux ou trois choses ce jour-là, et l'une d'elles était de déjeuner avec ma meilleure amie, Shanna. Ce n'était pas une réunion d'affaires, mais néanmoins un rendez-vous nécessaire, ça faisait plus d'une semaine que nous n'avions pas parlé.

Shanna et moi nous étions rencontrés à la maternelle, dans notre école de la petite ville de Pettus, au sud du Texas. Elle et moi allions à l'école à pied ensemble, car sa famille vivait à quelques pâtés de maisons de la mienne. Notre relation avait toujours été du genre frère-sœur, sans romance.

Quand je vins en Californie pour aller à Berkeley, elle était restée à la maison et était allée à l'Université locale, le seul établissement qu'elle et ses parents pouvaient se permettre. Shanna obtint un diplôme d'associée mais ne dépassa jamais ce niveau. Au lieu de cela, elle avait demandé à sa grand-mère de lui apprendre à coudre et elle était devenue très douée pour cela. Elle m'avait supplié de la laisser rester avec moi à L.A., et peu après son arrivée, elle avait obtenu un entretien aux studios Paramount, qui déboucha sur un emploi comme costumière.

Son séjour chez moi avait été de courte durée, car elle avait pu économiser assez d'argent pour emménager dans son propre appartement en un mois. Mais elle et moi avions fait la promesse de ne jamais nous ignorer et de ne jamais laisser l'autre de côté. Elle était la seule famille que j'avais ici, et vice versa, même si nous ne faisions pas exactement partie de la même famille. Donc, chaque fois que je voyais un déjeuner ou un dîner avec Shanna dans mon agenda, je m'assurais de ne les manquer à aucun prix.

À l'heure du déjeuner, je l'ai rejointe à Providence pour déguster des fruits de mer. Elle vint me saluer à la porte, et je l'embrassai. "Te voilà."

"Oui, j'ai réussi à venir. Aujourd'hui a été une sacrée journée." Je pris sa main, l'emmenant à l'intérieur.

En un rien de temps, ils nous firent asseoir, et apportèrent une entrée d'huîtres avec du vin blanc. Elle s'installa confortablement sur sa chaise en avalant une des huîtres et me regarda. "Alors, comme ça, tu as disparu. J'avais pensé qu'on pouvait aller à la chasse aux bonbons hier soir, comme au bon vieux temps. Je me serais déguisée en sorcière et tu aurais mis un drap sur la tête avec deux trous pour tes yeux."

"Oui, je me suis un peu déguisé. En tout cas, je portais un masque." Je bus une gorgée de vin puis mangeai une huître alors qu'elle me regardait en plissant des yeux.

"Un masque, hein ?" Elle n'arrêtait pas de me fixer. "À Portland, sans aucun doute."

Shanna était l'une des rares personnes à savoir que je m'amusais avec ce côté obscur du sexe. Et elle détestait ça. J'étais toujours un peu méfiant à l'idée de l'admettre quand je partais. "Hum, peut-être." Je pris une autre gorgée de vin.

"Et tu as couché avec une soumise au hasard ?", demanda-t-elle, mais elle leva rapidement la paume de sa main pour m'empêcher de répondre. "Non, je ne vais pas te faire mentir à ce sujet. Je sais que tu as récupéré une petite traînée et que tu l'as baisée sans pitié en la fessant jusqu'à ce qu'elle ait le cul..."

"Shanna, arrête", lui sifflai-je en désignant de la main les autres clients de l'établissement de restauration. Toutes les conversations autour de nous s'étaient tues au fur et à mesure qu'ils tendaient l'oreille pour entendre ce qu'elle disait.

Elle regarda autour d'elle avant de baisser la voix en se penchant sur notre petite table. "Mais tu as trouvé une fille. Tu ne peux pas me mentir, Nixon Slaughter. Je te connais depuis trop longtemps."

"Ok, donc j'ai trouvé quelqu'un, et on s'est amusés. Mais mes voyages à Portland appartiennent au passé." Je mangeai une autre huître pendant qu'elle réfléchissait à ce que j'avais dit.

"Bien. Mais qu'est-ce qui t'a fait décider de ne plus y aller ?" Elle me fixa encore dans les yeux, scrutant chacun de mes mots.

"Le club auquel j'appartiens a été détruit", lui dis-je, puis je haussai les épaules. "Donc je n'ai nulle part où aller maintenant pour avoir ma dose."

"Bien", proclama-t-elle en prenant son verre et en le tenant, comme pour me porter un toast. "Le lieu du péché n'existe plus, et donc tu peux arrêter cette chose quelque peu néfaste que tu fais et trouver la femme qu'il te faut."

"Je ne cherche pas", lui dis-je alors que notre plat principal – du saumon royal pour elle et du sébaste vermillon pour moi – arriva sur la table, sur un grand plateau rond, porté par notre serveur.

"Tu ne rajeunis pas, Nixon. Tes vingt-neuf ans aboient à ta porte", me dit-elle.

Je lui rappelai donc la même chose. "Toi non plus, Shanna. Et tu n'as que trois mois de moins que moi."

Le serveur nous laissa, et elle me sourit. "Il est peut-être temps qu'on cherche tous les deux des gens avec qui s'installer. Peut-être qu'alors t'arrêterais de mourir d'envie d'une soumise de temps en temps."

Je regardai mon délicieux repas, mais l'image vacilla devant moi alors que le visage de Katana s'affichait. Je ne pensais arrêter d'avoir envie au moins d'une certaine soumise.

8

KATANA

Les semaines qui suivirent la meilleure nuit de ma vie s'écoulèrent rapidement, et bientôt, Thanksgiving n'était plus que dans une semaine. Beaucoup de gens attendaient avec impatience Thanksgiving et les fêtes qu'ils allaient passer avec leur famille, mais moi pas. Je n'avais pas eu de vrai Thanksgiving depuis mes dix-huit ans. J'avais dû quitter ma famille d'accueil après cette date, et pas un an ne s'était écoulé avant le décès des deux personnes qui s'étaient occupées de moi.

Les fêtes de fin d'année me déprimaient toujours. Mais cette année, cette saison m'affectait beaucoup plus que d'habitude. Je ne me sentais pas bien la plupart du temps. J'avais du mal à me réveiller le matin, et je ne pouvais pas passer une journée sans faire une sieste – chose que je ne faisais jamais.

Je n'étais pas dans mon assiette. Et je pensais trop souvent à Nixon et à cette nuit-là. C'était comme s'il me hantait, et je ne savais pas comment l'en empêcher.

Une nuit, quand je me suis réveillée après une sieste de trois heures qui avait commencé à sept heures du soir, j'ai allumé la télévision parce que je savais que je ne me rendormirais pas de sitôt.

Après avoir zappé sur plusieurs chaînes, j'ai finalement trouvé un film romantique et je me suis allongée en soupirant sur le canapé pour le regarder. Tout allait bien jusqu'à ce qu'une scène chaude ait lieu et je sentis une tension dans mon entrejambe. Et quel beau visage m'est revenu à l'esprit ? Bien sûr, celui de Nix.

Un gémissement m'échappa alors que je fermais les yeux et revivais la sensation de ses mains qui touchaient mon corps. Je m'allongeai et arquai le dos en prétendant que sa bouche était à nouveau sur ma peau.

Ma main se déplaça toute seule vers les poils doux qui recouvraient ma chatte. J'en laissais un peu sur le dessus mais je gardais le reste bien rasé. Je ne voulais pas ressembler à une petite fille, mais je ne voulais pas non plus ressembler à un Yéti à cet endroit-là.

Plongeant mon doigt dans ma chatte mouillée, je le remontai doucement le long de ma fente, puis je touchai mon clito. Dans mon esprit, la bouche de Nix avait trouvé la mienne, et il me donnait un doux baiser. Nos respirations chaudes se mêlaient tandis qu'il me prenait la bouche et me regardait dans les yeux. "Bien, mon petit esclave. Maintenant, ton Maître va satisfaire votre désir pour lui."

"Oui", gémis-je, "Je suis à toi, Maître. Seulement à toi."

Je l'imaginais prendre mon sein dans sa bouche, le sucer doucement. Il me taquinait, ne me laissait pas avoir la forte succion que je voulais. Il ne faisait que lécher et tirer doucement. J'étais impatiente d'en avoir plus.

En passant ma main sous mon t-shirt, mon doigt traça un cercle autour de mon téton, prétendant que c'était sa langue. "Oh, Maître, ça fait du bien."

Je pouvais entendre sa voix profonde dans mon esprit. "Tu me fais me sentir si bien, esclave. Ma petite esclave sexy."

Dans mon esprit, je lui appartenais. Je n'avais aucun désir d'être avec un autre. Et cette pensée me rendit inexplicablement triste. Je savais dans quoi je m'étais fourrée. On m'avait expliqué les règles d'adhésion à ce club BDSM. Essentiellement, je n'étais rien de plus qu'un corps qui serait utilisé par un homme riche pendant un certain temps.

J'arrêtai de me toucher et je m'assis, malade. Alors que je me dépêchais d'aller aux toilettes, de peur de vomir sur le tapis beige clair, je pensais à ce que j'avais mangé en dernier. Ce matin-là, j'avais mangé deux bouchées d'un bagel au fromage à la crème. Mon estomac n'avait pas été d'accord, et je n'avais jamais retrouvé de l'appétit pour le reste de la journée.

Quand j'entrai dans la salle de bains, je montai sur la balance et une série de rots sortirent de ma bouche. J'avais perdu deux kilos et demi la semaine dernière.

Je mangeais à peine et dormais tout le temps. Est-ce que j'avais la mononucléose ?

Après quelques haut-le-cœur, je quittai la salle de bains pour aller sur mon ordinateur pour rechercher les symptômes de la mononucléose. La fatigue était le premier symptôme, mais tout ce qui suivait – fièvre élevée, courbatures, douleurs au corps, maux de tête, faiblesse musculaire, maux de gorge, gonflement des glandes dans le cou et les aisselles, éruption cutanée – je n'en souffrais pas.

Au moins, ce n'était pas la mono. Au moins, ce n'était pas quelque chose que j'aurais pu contracter lors de ma belle nuit avec Nix. Je n'aurais pas voulu que le souvenir de cette nuit-là soit terni par quelque chose de négatif, comme devenir malade.

Et je détesterais vraiment devoir appeler Nixon pour lui dire qu'il devrait se faire examiner pour le virus à cause de notre nuit ensemble. Ce serait très embarrassant.

J'éteignis la télévision et j'allai dans ma chambre pour finir de regarder le film. Prenant une bouteille d'eau et des crackers dans le placard, j'apportai le tout avec moi pour manger au lit. Ce n'était pas quelque chose qu'une personne avec un partenaire pouvait faire. Je suppose que j'avais de la chance.

Je pouvais manger au lit, dormir à des heures bizarres, travailler quand j'en avais envie. C'était bien pire pour beaucoup d'autres. Je me demandais si ce n'était pas une dépression qui causait des problèmes. Je savais que beaucoup de gens n'étaient déprimés que pendant les fêtes – peut-être que je devenais l'une de ces personnes. Le bon Dieu savait que je ne pouvais pas me réjouir de cette période. Rien à attendre avec impatience.

En fait, une de mes clientes m'avait demandé pourquoi je lui avais donné le 25 décembre comme date à laquelle je lui livrerais sa couverture. Je lui avais dit que c'était juste un jour comme un autre pour moi. Elle m'avait dit que c'était triste, et je supposais que c'était le cas.

Sans famille, des jours comme Thanksgiving, Noël et même le Nouvel An ne comptaient pas beaucoup pour moi. Bon sang, même Halloween était à peine inscrit sur mon radar – je n'y avais pas participé depuis que j'étais enfant en foyer d'accueil. Ma mère ne m'avait jamais emmenée fêter Halloween d'après mes souvenirs. Je ne me souvenais pas non plus d'avoir jamais eu un sapin de Noël ou autre chose de spécial quand je vivais avec elle. Mon anniversaire passait même sans que je le sache, jusqu'à ce qu'on me mette dans le système.

J'avais le cœur lourd une fois allongée dans mon lit, la télévision éteinte. Je n'avais plus envie de regarder de conneries romantiques. Je me dis que je devais être déprimée. Qui ne le serait pas, vu mon passé ?

Alors que ma nuit avec Nixon Slaughter avait allégé quelque chose en moi, il n'y avait personne pour entretenir cette flamme. Elle avait commencé à s'estomper dans le néant dès le moment où nous nous étions séparés.

J'avais été stupide d'aller dans ce club. Jusqu'à cette nuit-là, j'étais très bien comme ça dans ma vie. Oui, je travaillais trop dur parfois. Oui, parfois je buvais une bouteille de vin tout seule assise dans mon lit à regarder des films d'horreur jusqu'à ce que je finisse par regarder partout dans ma chambre, paranoïaque, m'inquiétant de ce qui pouvait s'y glisser en douce et m'attaquer. Mais cette vie m'allait.

N'est-ce pas ?

Je râlai en entrant dans mon lit, tirai la couverture jusqu'au menton et fermai les yeux. Ils brûlaient et je me sentais déshydratée.

M'asseyant, je bus de l'eau en priant pour que je puisse me réhydrater et que tout redevienne normal. Je chasserais Nixon hors de ma tête, je refuserais de laisser ce souvenir entrer dans mon cerveau. Je le chasserais de toutes mes forces chaque fois qu'il essaierait de revenir me rendre visite dans mon imagination.

Plus de Nixon Slaughter !

Même si j'avais dormi une dizaine d'heures ce jour-là avec toutes mes siestes, je me sentais encore fatiguée. Alors que je sombrais dans le sommeil, je commençai à penser à l'une des idées que mon client m'avait soumises.

Baily Sever me commandait régulièrement des couvertures de livres. Elle écrivait des romans d'amour pour jeunes adultes sous un pseudonyme, se spécialisant dans le BDSM. Quand je lui avais parlé de ma petite rencontre avec ce monde, elle m'avait supplié de la laisser m'interviewer. Elle me paierait pour mon temps et, mieux encore, elle me donnerait une partie des droits et dirait que j'étais coauteure.

Je n'avais pas encore accepté son offre, mais alors que j'étais allongée là et que je réfléchissais à ce que j'étais en train de faire, descendant dans le terrier du lapin, je décidai d'accepter son offre.

Sortant du lit, je me dirigeai vers le salon et mon bureau. Immédiatement, je me mis à mon ordinateur portable et je lui envoyai un email pour lui dire que je voulais accepter son offre. Elle pouvait m'appeler dès qu'elle voulait faire l'interview. Je ferais même la couverture du livre gratuitement puisqu'elle m'avait dit qu'elle m'attribuerait le titre de coauteur.

La perspective de ce nouveau travail me fit me sentir plutôt en forme, et je me dirigeai vers la cuisine pour me faire des œufs et du bacon. C'est fou comme le démarrage d'un nouveau projet peut vous aider à vous relever et à repartir.

Je devais passer à autre chose que cette nuit-là. Aussi spectaculaire que cela ait été, c'était fini. Il fallait que je me rentre ça dans le crâne, je n'aurais jamais une autre nuit comme celle-là. Jamais de la vie.

9

NIXON

L e mois qui suivit Halloween passa à la fois lentement et très vite. C'était la veille de Thanksgiving et Shanna et moi étions dans mon jet privé, retournant au Texas pour passer les fêtes avec nos familles.

Comme chaque jour, je pensais à Katana en me demandant ce qu'elle ferait pour Thanksgiving. Shana était assise de l'autre côté de l'allée étroite, se limant les ongles pendant que nous traversions le ciel à toute vitesse. "Pourquoi regardes-tu dans le vide, Nixon ?"

J'avais posé ma tête sur l'appuie-tête, les yeux fermés, imaginant Katana dans cette chambre d'hôtel. Je tournai la tête pour la regarder. "Je me demande ce que fait Katana demain. Et putain que j'aurais aimé avoir son numéro ou au moins son adresse pour lui envoyer des fleurs ou quelque chose."

Un sourcil blond se souleva en me regardant avec une expression incrédule. "Pourquoi ? Pourquoi penses-tu encore à cette petite crétine sans cervelle ?"

Je m'assis, m'offensant de ce qu'elle avait dit. "Hé, aucune raison de l'insulter, Shanna. Et dois-je te rappeler que tu ne la connais même pas ? Pour quelle raison tu l'appelles comme ça ?"

"Je sais tout ce que je dois savoir sur cette fille. Elle aime des trucs de tarés et ne peut pas avoir un cerveau dans sa tête si elle aime cette merde. Je comprends bien pourquoi un homme adopte ce style de vie. Bien sûr, qui ne prendrait pas son pied au moins en petit peu, en dominant quelqu'un ? Mais être celui qui est dominé – eh bien ça ne peut vouloir dire qu'une chose selon moi : pas de cervelle." Elle posa la lime à ongles et prit un magazine en feuilletant les pages. "Sors-la de ta tête, Nixon."

En refermant les yeux, j'essayai de ne pas penser à Katana, mais je le fis quand même. Shanna avait tort à son sujet. Elle n'était pas sans cervelle. Bien sûr, je ne la connaissais pas si bien que cela, voire pas du tout, mais je savais qu'elle n'était pas idiote.

"Tu sais qui sera aussi en ville, je parie, Nixon ?" demanda Shanna en modulant sa voix.

"Non", dis-je sans même ouvrir les yeux.

"Bianca."

Ma bite se mit à trembler. Bianca avait deux ans de plus que moi et elle me taquinait souvent quand nous étions enfants. Quand nous étions au lycée, je l'avais surprise en train de me jeter des regards en coin, admirant la façon dont j'avais grandi.

J'avais toujours eu le béguin pour elle – c'était la fille la plus sexy du lycée. De longues jambes, la peau bronzée, des cheveux noirs qui tombaient jusqu'à sa taille. Et puis ça me frappa : Katana et Bianca avaient beaucoup de similitudes. C'est peut-être pour ça que je m'étais senti si instantanément attiré par Katana.

Je m'assis et regardai Shanna. "Tu penses vraiment qu'elle pourrait rendre visite à ses parents ?" Je devais admettre que j'étais un peu excité à l'idée de la voir.

"Pourquoi ne serait-elle pas là ?", demanda Shanna. "Tout le monde rentre à la maison pour les fêtes."

Je hochai la tête et la reposai en arrière. J'essayai d'imaginer Bianca. Cela faisait deux ans que je ne l'avais pas vue. C'était à Noël. Elle était avec un mec à l'époque, mais elle m'avait fait un petit sourire sexy qui me disait qu'elle m'aurait donné un peu de son temps si elle avait été seule. C'était un sourire qu'elle ne m'avait jamais fait avant.

Mais bien que j'aie essayé de me rappeler le visage de Bianca, je n'y arrivais pas. Le seul visage que je voyais était celui de Katana, et il était magnifique. Si belle que cela me faisait mal au cœur.

J'aurais dû prendre son putain de numéro !

Quand le jet s'arrêta à l'aéroport international de San Antonio, nous sautâmes dans une voiture de location et nous nous dirigeâmes vers Pettus. Il nous fallut un peu plus d'une heure pour rentrer chez nous, et une fois arrivés, nous fûmes accueillis à bras ouverts par nos familles.

Comme nous le faisions toujours pendant les fêtes, tout le monde finissait dans le seul café de la ville, le Dairy Queen. Shanna et moi étions assis sur les banquettes, à discuter avec deux gars avec qui je jouais au football au lycée. Ils n'avaient jamais quitté la petite ville, travaillant tous les deux comme gardiens dans la prison voisine.

Je n'avais même pas remarqué que quelqu'un était dans la pièce, mais lorsqu'une main se posa sur mon épaule, je regardais en arrière et vis Bianca. "Salut !"

"Salut", ronronna-t-elle. Vêtue d'une veste marron, ses cheveux foncés tirés en une longue queue de cheval, elle ressemblait exactement à ce qu'elle avait été au lycée. "Quand es-tu arrivé et combien de temps restes-tu, Nixon ?"

"Aujourd'hui et je repars après-demain", lui répondis-je, alors qu'elle se plaça en bout de table.

La conversation à notre table s'arrêta quand elle me passa le doigt le long de la mâchoire. "J'aime la barbe. Ça te donne l'air distingué."

Je gloussais. "J'aurais préféré "dangereux", mais merci."

Ses yeux marron foncé regardèrent sur le côté, en direction du parking. "Je pensais aller boire une bière ou deux chez Charlie. Tu m'emmènes ?"

Je restai parfaitement immobile, sans savoir si je voulais vraiment l'emmener. C'était assez facile de voir qu'elle me voulait. Et après toutes ces années, c'était une agréable surprise.

Shanna me frappa dans les côtes en chuchotant : "Tu es fou ? Lève-toi et emmène-la. Je peux rentrer à pied d'ici."

Et voilà ma seule excuse pour ne pas emmener Bianca au bar qui s'envole.

Les gars me regardèrent comme si j'étais fou de ne pas sauter sur l'occasion d'être avec l'une des filles les plus sexy de tous les temps qui honorait notre petite ville de ploucs. Mais le fait est que je ne sautais pas. Et il n'y avait qu'une seule raison à ça.

Katana.

Avant que j'aie pu dire un mot, la cloche de la porte retentit, et je la remarquai cette fois-ci. Quand je jetai un œil pour voir qui c'était, un type grand et bien fait se dirigea vers nous. "Merde", siffla Bianca. Elle s'approcha de lui. "Te voilà. Je te cherchais."

Il me jeta un coup d'œil puis la regarda. "Allez."

Elle me regarda et haussa les épaules. "À plus tard, les gars."

J'avais raté ma chance avec elle et je le savais. Je ne pouvais pas dire que je m'en souciais vraiment, mais Shanna semblait être très investie, et elle attendit que Bianca et son mec s'en aillent avant de me botter les fesses. "Tu es fou, Nixon ? Tu ne rêvais que de cette fille pendant tout le collège et le lycée. Tu as dit que si elle te donnait la moitié d'une chance, tu lui ferais voir Dieu. Elle t'a donné bien plus que la moitié d'une putain de chance. Elle se jetait sur toi, à la Bianca."

En secouant la tête, je lui dis : "N'as-tu pas remarqué qu'elle a un mec, Shanna ? Putain. Je ne veux pas qu'un péquenaud m'en veuille pour un morceau de cul."

En plus, même avant qu'il n'entre, je n'arrivais pas à me forcer à me lever et à le faire. Katana n'arrêtait pas de me traverser l'esprit comme une lumière stroboscopique. Je devais faire quelque chose pour me remettre de la fille qui apparemment ne voulait plus rien avoir à faire avec moi. Elle avait mon numéro, et elle n'avait jamais appelé.

Le fait est que Katana avait signé un papier dans lequel elle avait promis de ne contacter aucun des hommes qu'elle avait rencontrés au club. Mais après Halloween, le Donjon du décorum avait été détruit, détruisant tout ça avec lui. Rien ne pouvait l'empêcher de m'appeler si elle le voulait. Elle n'aurait pas d'ennuis ni d'amende de la part du club.

Alors pourquoi n'avait-elle jamais appelé ?

La réponse était simple. Elle ne le voulait pas.

J'avais peut-être été trop dur. J'étais peut-être allé trop loin. Ou peut-être n'étais-je pas allé assez loin ou n'avais-je pas été assez dur. Qui en connaissait la raison ?

Pourquoi devrais-je m'en soucier ? Je n'arrêtais pas de me poser cette question.

Il n'y avait aucune raison pour moi de me soucier de savoir pourquoi elle n'avait pas appelé.

Pendant que j'étais assis là, sirotant mon milk-shake au chocolat, une pensée que je n'avais jamais eue auparavant me vint à l'esprit. Et si elle avait perdu ma carte ?

Si je retournais à Portland, je pourrais peut-être retrouver son immeuble. Je n'avais aucune idée de son adresse, mais je n'étais pas opposé à frapper à chaque porte jusqu'à ce que je trouve la sienne.

Soudain, j'eus un plan, un vrai plan pour la retrouver.

Je me levai et Shanna me regarda avec surprise. "Où vas-tu maintenant, Nixon ?"

"Je rentre chez papa et maman. Je sais que c'est bruyant et chaotique avec toutes les nièces et neveux qui courent partout, mais j'ai besoin de leur rendre visite. Tu veux que je t'emmène chez tes parents ?"

Elle se leva pour venir avec moi. Après avoir serré la main de mes anciens amis et leur avoir souhaité bonne chance, nous partîmes, et je déposai Shanna. Je ne pus m'empêcher d'être excité par ce que je ferais dès notre retour à Los Angeles, et mon plan devint de plus en plus détaillé à mesure que la soirée avançait.

Jour de Thanksgiving

L'après-midi suivant, papa et moi nous nous sommes assis dans le jardin, regardant tous les enfants jouer. Il ouvrit la glacière Yeti que je lui avais achetée le matin même quand nous étions allés faire des courses. Il l'avait remplie de bières, en prit deux, puis m'en lança une.

Je la décapsulai et pris une longue gorgée. La boisson froide me fit du bien en descendant dans ma gorge desséchée. Même si c'était à la fin novembre, la température avoisinait les trente-deux degrés ce jour-là – ce qui était assez chaud pour Thanksgiving. La chaleur du sud du Texas ne me manquait pas du tout.

"Alors, comment ça se passe à l'ouest, fiston ?" me demanda papa, puis il but une gorgée de bière.

"Super." Je mis la bouteille de bière entre mes jambes pour la tenir bien en place alors qu'un ballon de football arriva dans ma direction. Après l'avoir attrapé, je le relançai à mon neveu le plus âgé.

"Y a-t-il des filles que tu aimes là-bas ?" me demanda papa.

"Une", me surpris-je à répondre. "Mais elle joue les difficiles à avoir."

"Tu n'es pas habitué à ça, n'est-ce pas fiston ?" Il me fit un clin d'œil.

"Pas du tout. Mais j'ai un plan maintenant." Je souris, puis je pris une autre gorgée.

Demain, je commencerais à mettre en œuvre ce petit plan, et j'aurais bientôt cette diablesse sexy là où je la voulais.

10

KATANA

Jour de Thanksgiving

Je ne m'étais jamais sentie aussi mal que le jour de Thanksgiving en attendant que ma tourte à la dinde soit cuite au four. En temps normal, je n'aurais fait que réchauffer le plat au micro-onde, mais comme c'était un jour férié qu'on célébrait avec de la dinde, je lui avais donné un peu plus d'amour et je l'avais mise au four.

J'avais un goût âcre dans la bouche depuis plus d'une heure, alors je renonçai à utiliser seulement de l'eau pour m'en débarrasser et retournai me brosser les dents. Pendant que j'étais aux toilettes, je remarquai la boîte non ouverte de pilules contraceptives qui se trouvait sur le meuble-toilette. Je n'en avais pas pris depuis des semaines, depuis que mon estomac était en crise. Mais quelque chose me poussait à prendre la boîte et à la regarder.

Quand je l'ouvris, je commençai à compter combien j'en avais pris. Il y avait quatorze pilules que je n'avais pas prises, je le savais. Et celles-là étaient là. Il en manquait trois, mais avant ces trois-là, il y avait toutes celles d'une semaine que je n'avais pas prise.

Mon cœur s'arrêta. J'avais oublié de prendre mes pilules pendant cette semaine de folie. La semaine juste avant d'être avec Nix.

Je tombai à genoux, mes jambes se dérobant sous moi, et je levai les yeux au ciel. "Seigneur, s'il te plaît, fais que ce ne soit pas ce que je pense que c'est."

En tremblant, je me levai et allai dans ma chambre pour prendre mon sac à main et mes clés de voiture. L'odeur de la tourte à la dinde me fit éteindre le four, avant de laisser la tourte derrière moi et d'aller au magasin.

En conduisant en ville, je découvris que la plupart des magasins étaient fermés à cause de Thanksgiving, mais je réussis à trouver une supérette ouverte et j'eus la chance d'y trouver un test de grossesse.

Quand je l'apportai à la caisse, la vendeuse le scanna et me demanda : "Félicitations ?"

Je lui fis un signe de la tête qui indiquait que ce n'était pas le cas. Pas du tout. Je ne pouvais pas parler, je pouvais éclater en sanglots si j'essayais. Je saisis rapidement mon achat et je rentrai chez moi.

Il y avait deux tests dans le paquet, et j'en pris un et j'allai aux toilettes. Une fois que tout était prêt, je ne pouvais pas. J'étais sèche comme un os.

De retour à la cuisine, je bus de grandes quantités d'eau. J'avais l'impression que mon estomac flottait dans de l'eau, mais je ne pouvais toujours pas pisser. Je suppose que mes nerfs avaient tout bloqué.

En fouillant dans mon sac, je trouvai la carte de visite que Nixon m'avait donnée. Je la regardai fixement pendant un long moment. "Je suis désolée, Nix. Je ne l'ai pas fait exprès."

Si je suis enceinte, dois-je lui en parler ?

Il avait besoin de savoir ? Il s'était assuré de me poser des questions sur ma contraception avant que nous fassions quoi que ce soit et je lui avais dit que je m'en étais occupée. Je ne voulais pas lui mentir – je pensais avoir dit la vérité.

C'était à cause de cette satanée semaine d'enfer !

Je m'assis à la table de la cuisine, la tête dans les mains en regardant la carte sur la table, fixant son nom. Nixon Slaughter, le nom du père de mon bébé.

Je secouai la tête d'avant en arrière – il fallait que j'arrête de penser comme ça. Je ne pouvais pas le tenir responsable. Je ne pouvais pas lui faire ça. Il ne méritait pas ça.

Que méritait-il ?

Méritait-il de savoir s'il allait être père ? Méritait-il le droit de prendre sa propre décision quant au rôle qu'il voulait ou ne voulait pas jouer dans la vie de son enfant ?

Je connaissais la réponse à ces questions. Je n'étais pas sans morale. Je n'avais jamais connu mon père. Ma mère m'avait souvent dit qu'elle ne savait pas qui c'était. Être un enfant bâtard n'était pas une chose que je voudrais pour mon fils ou ma fille.

Mais j'allais trop vite. Il fallait que je fasse le test avant de pouvoir paniquer complètement, même si j'étais presque sûre de savoir déjà quel serait le résultat.

Je le dirais à Nix si le test était positif. Je n'étais pas sans cœur. Mais je ne lui demanderais rien. Il pouvait faire ce qu'il voulait pour l'enfant. Il pouvait le voir ou non. Tout ce qu'il voulait.

Tout ça, c'était de ma faute, et je porterais seule le fardeau s'il le fallait.

Mon téléphone sonna, me renvoyant à la réalité. Le nom de Blyss apparut sur mon écran et je répondis, la voix tremblante. "Bonjour, Blyss. Joyeux Thanksgiving."

"Ça n'a pas l'air d'aller. Qu'est-ce qui ne va pas, Katana ?" Elle me connaissait mieux que la plupart des gens.

"Oh, rien", mentis-je. "Est-ce que les enfants apprécient leur délicieux repas de Thanksgiving ?"

"Ils détestent ça. Aucun enfant n'aime un repas qui a des légumes pour garniture. Troy leur a fait une pizza maison aux poivrons. C'est le meilleur des pères", se réjouit-elle. "Mais assez parlé de nous, et toi alors ? Que fais-tu pour célébrer cette journée ?"

Mon Dieu, je ne pouvais pas lui dire que j'allais peut-être manger une tourte qui sortait d'une boîte – et c'était la meilleure chose à laquelle je pouvais m'attendre pour ma soirée. Je ne pouvais pas lui dire que tout dépendait des résultats du test de grossesse, car je savais que je n'aurais pas d'appétit s'il était positif.

"Oh, pas grand-chose", dis-je finalement, "Je travaille, c'est tout."

"S'il te plaît, dis-moi que toi et quelques amis êtes allés manger quelque part. S'il te plaît, dis-moi que tu reviens d'un bon moment et que tu es en train de prendre du temps pour toi parce que tu as trop mangé", me supplia-t-elle.

Oh, comme j'aimerais pouvoir lui dire tout ça. "Je voulais rester à la maison. Je ne me sens pas bien depuis deux semaines. Je crois que j'ai choppé un microbe ou quelque chose comme ça", lui dis-je. C'était la vérité après tout. J'avais pensé que c'était ça jusqu'à il y a peu de temps.

"Personne ne choppe de microbes pendant plusieurs semaines", me dit-elle. "Tu dois aller chez le médecin dès que possible. Est-ce qu'il y a un établissement de soins non urgents ouvert près de chez toi aujourd'hui ? Tu devrais y aller aujourd'hui si possible. Deux semaines à se sentir malade c'est trop long, Katana."

Elle avait peut-être raison. J'irais certainement voir quelqu'un si le test était négatif – et je suppose que j'irais aussi chez le médecin s'il était positif. "Je ne sais pas s'il y a autre chose d'ouvert que les urgences de l'hôpital. Je ne pense pas que ce soit une urgence. Je ne me sens pas tout le temps mal. Je suis tout le temps fatiguée et je n'ai pas d'appétit. J'arrive à manger des petits morceaux par-ci par-là, mais parfois ça ressort."

"Tu bois bien de l'eau ?" demanda-t-elle. "Parce que tu as besoin d'en boire beaucoup. Même si ça revient, tu dois continuer à boire. Et tu dis que ça dure depuis plusieurs semaines ?"

"Oui." Je ne voulais pas lui en parler, mais j'avais perdu deux kilos et demi dans la semaine qui avait suivi Halloween, et j'en avais perdu deux autres et demi dans les cinq derniers jours. Mes côtes commençaient à apparaître, tout comme mes hanches.

Puis elle me donna un conseil utile. "Tu as besoin de ces boissons que les personnes âgées boivent pour garder leurs nutriments."

"Oh, j'avais oublié ça. Mes parents d'accueil, M. et Mme Baker, buvaient ça. Je me souviens que j'aimais bien quand je les avais goûtées, une fois. J'avais eu des ennuis pour ça, mais au moins je sais que j'avais bien aimé." M'asseyant à nouveau, je posai la main sur mon ventre, comme si je pouvais sentir un tout petit embryon, si j'étais enceinte.

Je n'étais pas une enfant. À 24 ans, je me sentais assez mature pour avoir un enfant. Les choses fonctionneraient très bien avec mon travail, de sorte que je pouvais rester à la maison pour l'élever. Il n'y avait pas grand-chose à craindre. À part devoir le faire tout seule.

Nix voudrait-il être là pour le bébé ? Voudrait-il être là pour moi ?

"Tu devrais aller en acheter tout de suite. Si tu es malade depuis si longtemps, je parie que tu perds du poids, n'est-ce pas ?" demanda Blyss, en sachant déjà la réponse.

"Un peu. Je te promets que j'irai en chercher. Et j'irai chez le médecin." Je le ferais, d'une façon ou d'une autre. Si j'étais enceinte, ce serait obligatoire, sinon, il faudrait que je voie ce qui cloche chez moi. Ça ne pouvait pas être qu'une dépression.

Je n'étais même pas sûre de faire une dépression. La seule chose qui m'attristait, c'était Nix. Il me manquait tous les jours. Mais je savais que le temps s'en chargerait. Je ne pouvais pas me sentir si mal parce qu'il me manquait. Ou bien si ?

Et si c'était ça, que pouvais-je faire ? L'appeler ?

Je lui avais dit que je ne le ferais pas. J'avais signé un contrat stipulant que je n'essaierais jamais de contacter quelqu'un que j'aurais rencontré au club.

Mais le club avait disparu, comme tous les contrats dans leur système, n'est-ce pas ? Et le contrat avait-il vraiment de l'importance s'il voulait aussi avoir de mes nouvelles ? Il n'avait pas l'air opposé à l'idée quand on s'est séparés.

Je fis un pacte avec moi-même – si je n'étais pas enceinte, j'irais chez le médecin. S'ils ne trouvaient rien qui cloche chez moi, j'appellerais Nix pour voir s'il voulait venir me voir. Peut-être que je testerais la température de l'eau en vue d'une relation si je découvrais que je lui manquais autant qu'il me manquait.

Mais il y avait tellement de variables.

L'envie de pisser me frappa soudainement, et je me précipitai aux toilettes. "D'accord, Blyss, je ferai tout ce que tu m'as dit. Je dois y aller maintenant. Je t'aime. Joyeux Thanksgiving. Au revoir." Je mis fin à l'appel avant qu'elle ne dise un mot parce que j'étais sur le point de craquer.

Les trois bouteilles d'eau semblaient toutes prêtes à sortir en même temps. Le jet que je lâchais couvrit facilement le petit bâton et je le posai ensuite sur un gant de toilette près du lavabo.

Les trois minutes suivantes durèrent trois jours entiers. Je me couvris les yeux pendant tout ce temps, jusqu'à ce que la minuterie de mon portable se déclenche, m'indiquant que je pouvais regarder maintenant.

En écartant les doigts, je jetai un coup d'œil au bâton.

"Oh, merde !"

11

NIXON

Le lendemain de Thanksgiving, Shanna et moi partîmes tôt pour retourner à Los Angeles. Mais je n'allais pas rester longtemps à L.A., ni même rentrer chez moi. Non, j'allais à Portland pour chercher Katana Reeves.

Shanna et moi vivions à des kilomètres l'un de l'autre, alors elle prit un taxi pour rentrer chez elle, et j'agis comme si j'attendais que mon chauffeur vienne me chercher. Ce n'était pas le cas ; j'avais dit au pilote de prendre une heure de pause, puis je serais prêt à me rendre à Portland.

En me relaxant dans l'un des salons de l'aéroport, je buvais un peu de Scotch. Il était tout juste midi passé et je savais qu'il était un peu tôt pour boire de l'alcool, mais j'avais les nerfs à vif. Je devais faire quelque chose pour les apaiser.

Mon portable sonna pour me dire que je venais de recevoir un texto. Je ne reconnaissais pas le numéro mais j'ouvris quand même le message.

Nix, c'est Katana Reeves, de Portland. Je ne sais pas si tu te souviens de moi, mais je dois te parler. Tu peux m'appeler quand tu peux ?

Pourquoi pensait-elle que je ne me souvenais pas d'elle ? Merde, ça ne faisait pas un mois depuis notre nuit ensemble. Je ne perdis pas une minute de plus et je l'appelai. Sa voix était douce quand elle répondit. "Nix ?"

"Ouais, c'est moi. Comment vas-tu ?" Je passai mon doigt sur le dessus de mon verre, imaginant son joli visage dans mon esprit.

"Ça va. Et toi ?"

"Ça va. C'est drôle que tu m'aies envoyé ce message. J'en avais marre d'attendre que tu m'appelles, alors en ce moment même, je suis assis à l'aéroport, attendant que mon pilote finisse sa pause pour qu'il puisse m'emmener par chez toi", lui dis-je, espérant qu'elle soit d'accord avec ça.

"Vraiment ?" demanda-t-elle, comme si elle n'y croyait pas vraiment.

Je tins le téléphone et demandai au barman. "Hé, mon pote, tu peux dire où je suis en ce moment ?"

"LAX," dit-il sans hésitation.

"Tu vois", dis-je, "je reviens tout juste d'une visite à ma famille au Texas, et tout ce à quoi je pensais, c'était d'aller à Portland pour te trouver."

Elle poussa un lourd soupir, comme si elle avait retenu son souffle. "Super. J'ai beaucoup de choses à te dire. Quand penses-tu arriver ici ?" demanda-t-elle et j'entendis sa voix se briser un peu.

"Dans quelques heures. J'arrive à Heathman. Je peux envoyer quelqu'un te chercher et t'y amener." Je pris une autre gorgée et j'attendis de voir ce qu'elle allait dire.

"Je ne peux pas faire ce qu'on a fait avant", marmonna-t-elle.

Mon cœur se brisa un peu. Je voulais vraiment faire ce qu'on avait fait avant. Mais je ne demandai pas pourquoi. "D'accord. Pas de soucis. Je veux juste te voir." Je voulais aussi savoir pourquoi elle avait mis tant de temps à me contacter. "Si j'avais eu la prudence de prendre ton numéro, je t'aurais appelée il y a longtemps. C'est de ma faute." J'hésitai et je dis : "Tu m'as manqué, Katana."

"Tu m'as manqué aussi," dit-elle, et ça me fit soupirer. Je lui avais manqué ! "Pour être honnête, j'ai pensé à t'appeler souvent. Mais à cause du contrat, je me retenais. Mais j'ai finalement réalisé hier que le contrat n'avait probablement plus d'importance maintenant que le club est fermé. Je suis contente d'entendre que je t'ai manqué."

Je vis mon pilote passer devant le salon en direction de la porte où il avait garé le jet. "Hé, je vois mon pilote. Je vais voir si on peut décoller maintenant. Je t'appelle dès que j'arrive."

"OK, bye", dit-elle, puis raccrocha.

Je me dépêchai de rattraper Bernie, le pilote. "Hé, Bernie, attends-moi."

Il s'arrêta et se retourna pour me regarder. "Oui, monsieur."

Je le rattrapai. "Tu fais quelque chose ? Je veux dire, je suis prêt à partir si tu n'as rien d'autre à faire."

"Non, on peut y aller. L'avion a été ravitaillé. Combien de temps resterons-nous à Portland ? Ma femme se demande combien de temps je serai parti cette fois."

"Tu peux revenir tout de suite si tu veux. Je t'appellerai quand je serai prêt à rentrer. Ce n'est pas comme si c'était si loin." Je lui tapai dans le dos, et on commença à marcher jusqu'au jet. "Depuis combien de temps êtes-vous mariés ?"

"Dix ans", dit-il. "On a trois enfants."

"Des enfants, wahou." Je secouai la tête. "Je n'ai jamais pensé à avoir des enfants. Mes frères et sœurs en ont tous. Je viens d'une famille nombreuse. Papa et maman ont fait six enfants. Je suis l'aîné mais je n'ai jamais trouvé quelqu'un avec qui m'installer. Dis-moi, comment savais-tu que ta femme était celle qu'il te fallait, Bernie ?"

"Elle et moi avons bien fonctionné ensemble dès le début. Je veux dire, nous avons eu un petit temps où c'était un peu bizarre entre nous, mais nous nous sommes rapidement mis d'accord l'un avec l'autre. Et je n'avais jamais ressenti pour personne d'autre ce que je ressentais pour elle. Pour moi, c'était une évidence. J'ai épousé cette fille aussi vite que j'ai pu."

Nous montâmes dans l'avion, et j'allai à mon siège tandis qu'il allait dans le cockpit. "Merci, Bernie."

"Vous avez le béguin pour quelqu'un, Monsieur ?" me demanda-t-il, avec un clin d'œil. "Peut-être quelqu'un à Portland ?"

"Peut-être", dis-je en riant. "Et Bernie, rends-moi un grand service et arrête de m'appeler Monsieur. Tu es plus vieux que moi. C'est Nixon, d'accord ?"

"Bien reçu, Nixon. Boucle ta ceinture maintenant."

Je dormis jusqu'à Portland. Le simple fait de savoir que j'allais voir Katana me permit d'avoir l'un des sommeils les plus calmes que j'aie eus depuis un mois. Ce n'est que lorsque je me détendis sur ce siège que je réalisai à quel point j'étais tendu.

Quand je descendis de l'avion, j'appelai Katana pour lui dire que j'avais atterri et que j'allais louer une voiture pour venir la chercher. Mais elle me répondit qu'elle pouvait prendre sa propre voiture pour venir me voir. J'avais juste besoin de lui dire quand j'avais trouvé une chambre et elle viendrait.

Le fait qu'elle ne veuille pas être sans sa voiture m'énerva un peu. Mais encore une fois, je ne pouvais pas m'attendre à ce qu'elle soit à ma disposition juste parce que j'étais en ville.

Une fois que tout était réservé et que j'étais dans ma chambre, je l'appelai et elle me dit qu'elle arrivait. Alors que j'attendais, je commençai à devenir nerveux et des pensées que je n'avais pas prises en compte dans mon excitation se glissèrent dans mon esprit. De quoi voulait-elle parler ?

Je savais que ce que je voulais, c'était un autre moment avec elle. Mais je n'avais pas forcément quelque chose à discuter avec elle. Elle avait dit que nous ne pouvions pas faire ce que nous avions fait la dernière fois et que nous devions parler. Alors de quoi s'agissait-il ?

Avait-elle attrapé une MST et voulait me blâmer ?

Je savais que j'étais clean. Ou peut-être que maintenant, je ne l'étais plus.

Merde !

On frappa à la porte, et je m'approchai pour l'ouvrir, ne sachant pas comment je réagirais si je la voyais avec mes pensées actuelles qui obscurcissaient mon esprit.

Mais quand je la revis, mon esprit se calma et mon cœur s'emballa.

Portant un jean et un pull léger avec une paire de chaussures plates noires, Katana était là, me regardant. Ses yeux bleus me regardèrent de la tête aux pieds. Je portais un jean et un T-shirt et j'avais enlevé mes chaussures dès que j'étais entré dans la chambre.

Nous restâmes là, nous délectant de la vision l'un de l'autre, jusqu'à ce qu'un mouvement brise notre immobilité. Je l'attrapai, je la tirai dans mes bras. Je la bloquai contre la porte, ma bouche s'écrasa sur la sienne, et je n'en avais pas assez d'elle.

Nous nous arrachâmes les vêtements l'un de l'autre, et avant que l'un de nous ne réalise ce qui se passait, nous étions tous les deux nus. Elle enroula ses jambes autour de ma taille, et j'entrai dans sa chatte douce et chaude pendant que nous gémissions tous deux de soulagement.

Je la baisai fort, en utilisant le mur pour la tenir là où j'avais besoin d'elle. Nous eûmes un orgasme tous les deux presque immédiatement, puis je la portai comme ça, avec ses jambes encore enroulées autour de moi, jusqu'au lit.

En l'allongeant, je ne laissai nos corps se séparer qu'un instant avant d'être au-dessus d'elle, ma queue devenant déjà dure à nouveau. Je m'enfouis en elle, poussant avec une force qui semblait inhumaine. Nous nous regardâmes dans les yeux pendant que je plantais ma bite dans sa chatte, qui palpitait encore de l'orgasme que je venais de lui donner.

Elle passa ses mains dans mes cheveux, puis sur ma barbe. "Ça te va bien, Nix."

J'embrassai ses douces lèvres, puis je déplaçai ma bouche pour embrasser son cou, mes poussées ralentissant finalement à un rythme moins urgent. Son corps se courba pour rencontrer le mien, et nous bougeâmes d'un seul mouvement jusqu'à ce qu'un autre orgasme nous fasse trembler tous les deux à nouveau. Une fois de plus, nous jouissions ensemble. Il semblait que nous avions un lien que même nos corps ne pouvaient nier.

Je ne pouvais plus m'éloigner d'elle et ne rien attendre de plus. J'en voulais plus d'elle. Et j'avais l'impression qu'elle en voulait plus de moi, elle aussi.

Elle m'avait dit qu'il n'y aurait rien de tout ça. Alors je me demandai ce qui l'avait fait changer d'avis. Mais je te le demanderais plus tard. Pour l'instant, je voulais la retourner et la fesser en la prenant par derrière. Mais quand je la pris par la taille, il fut clair qu'elle n'allait pas me laisser faire ça.

Il fut aussi clair qu'elle avait perdu du poids. Je sentis les os de ses hanches, et quand je fis courir mes mains sur son côté, je sentis ses côtes. Je n'avais pas pris le temps de remarquer quoi que ce soit ; je la voulais.

Ses mains attrapèrent mes poignets. "Je dois te dire quelque chose, Nix."

La façon dont ses lèvres commencèrent à trembler m'indiquait que ce n'était rien de bon. Était-elle malade ? Allait-elle mourir ?

"Dis-moi." chuchotai-je en restant là où j'étais, ma bite toujours en elle. Je ne voulais pas perdre la connexion. Je ne pouvais pas la perdre.

"Nix, je suis enceinte de toi."

Merde !

12

KATANA

L e silence remplit la pièce. Nix me regarda fixement pendant un long moment, puis il se dégagea de moi et se dépêcha d'aller aux toilettes sans dire un mot. Sans avoir la moindre idée de ce qu'il pensait du bébé, je restai allongée là et je commençai à pleurer, tirant la couverture vers le haut pour couvrir mon corps.

Je ne savais pas comment il prendrait la nouvelle. Je ne savais pas s'il y avait une bonne façon de réagir, qui m'aurait rendu heureuse. Mais cette réaction ne me rendait certainement pas heureuse.

Quelques minutes plus tard, il sortit de la salle de bains, un gant de toilette mouillé à la main. Il ne me regarda pas quand il l'écrasa sur son visage puis il vint s'asseoir sur le bord du lit. "Tu es sûr que c'est le mien ? Je sais que tu m'as dit que ça faisait plus d'un an que tu n'avais pas fait l'amour, mais les gens mentent. Donc j'ai besoin de savoir la vérité." Il me regarda droit dans les yeux. "Ce n'est pas grave si tu as menti. Ce qui est important maintenant, c'est que toi et moi connaissons la vérité sur tout. S'il y a la moindre chance que ce ne soit pas le mien, je dois savoir. As-tu couché avec quelqu'un après moi ?"

Je secouai la tête et essuyai mes larmes. "Je t'ai déjà dit la vérité sur le fait de ne pas avoir fait l'amour pendant plus d'un an. Et je n'ai couché avec personne d'autre. J'ai été malade. Je pensais que j'avais choppé un microbe. Mais hier, j'ai regardé mes pilules contraceptives. Je n'en avais pas pris depuis deux semaines, depuis que j'ai commencé à avoir mal au ventre. J'ai vu que j'avais sauté la semaine avant de te rencontrer. Je ne l'ai pas fait exprès, je te le jure."

Il hocha la tête. "Je te crois. Je me souviens que tu m'as dit que tu avais eu une semaine difficile. Ça a dû être une sacrée semaine."

"Oui. Mais je n'arrive pas à croire que j'ai oublié de prendre autant de pilules. Je suis vraiment désolée." Je commençai à sangloter et je couvris mon visage de mes mains pour qu'il ne puisse pas me voir laide en train de pleurer.

Je sentis ses mains se placer sur les miennes et il les retira, me prenant et me serrant dans ses bras, me berçant doucement. "Ne pleure pas. On va s'en occuper. Je suis très content que tu me l'aies dit tout de suite. Je suis très content que tu ne m'aies pas laissé en dehors de ça."

Il était content que je ne l'aie pas oublié. C'était si bon à entendre. La vérité, c'est que j'avais peur qu'il m'en veuille et qu'il me dise que le problème était entièrement le mien puisque c'était de ma faute.

Mais il n'avait pas dit ça. Il me tenait dans ses bras et me disait qu'on s'en occuperait. Les choses allaient mieux que je ne le pensais. Mais je savais que je devais me ressaisir pour lui en dire un peu plus.

En reniflant, je reculai et je le regardai. Il prit le gant humide et essuya mes larmes. "Nix, je veux juste que tu saches que je ne vais pas t'obliger à quoi que ce soit. Tu peux t'impliquer autant que tu veux avec ce bébé, beaucoup ou pas du tout, comme tu veux. Je peux m'occuper de lui toute seule si tu ne veux rien avoir à faire avec lui. Je n'essaie pas non plus de te piéger dans une relation avec moi."

"Je suis sûr que non", chuchota-t-il. "Tu ne sais pour le bébé que depuis hier. Tu es sûre de vouloir le garder ?"

Je hochai la tête. "Je donne peut-être l'impression de ne pas avoir réfléchi. Mais je ne peux pas tuer un bébé. Peu importe s'il est minuscule. Peu importe s'il n'a pas encore développé son petit cœur. Je ne peux pas le faire." Je le regardai droit dans les yeux. "Donc non."

Il sourit. "Bien. Je suis heureux de l'entendre. Nous attendons un bébé pour une raison. Dieu ne fait pas d'erreurs."

Il avait utilisé le mot "*nous*". Nous attendions un bébé. Je n'étais pas toute seule. Il était là avec moi. Pour la première fois de ma vie, j'avais quelqu'un qui allait rester avec moi.

Je soupirai. "Tu ne sais pas à quel point c'est bon d'entendre ça, Nix. Je te promets que je ne te dérangerai pour rien au monde. On trouvera une solution, et tout ira bien."

"Bien sûr que cela ira", dit-il, puis il m'embrassa le haut du crâne. "Maintenant je comprends pourquoi tu as dit qu'on ne pouvait pas faire ce qu'on avait fait avant. Je dois dire que j'étais plutôt déçu quand tu m'as dit ça. Mais maintenant je comprends. Et je veux te dire que cela me donne une très bonne impression du genre de mère que tu seras. Une très bonne mère, je pense."

Je ris. "Je suppose que tu devrais savoir des choses sur moi, Nix. Ma mère n'a jamais su qui était mon père. Elle me laissait souvent seule et un jour, elle n'est juste plus rentrée du tout. J'ai été emmenée dans un orphelinat, puis un couple de personnes âgées m'a accueillie dans leur maison et ce, jusqu'à mes dix-huit ans."

"Merde", murmura-t-il, "C'est dur."

"Je pense que je devrais prendre des cours d'éducation de jeunes parents. Ce n'est pas comme si je savais m'occuper d'un bébé, ou même d'un enfant." Je baissai les yeux, je me sentais plutôt pathétique.

Il souleva mon visage de sa main et il embrassa mes lèvres avant de dire : "Ma mère avait six enfants. Je pense qu'elle adorerait t'apprendre des choses sur les bébés et l'éducation des enfants."

Sa mère ?

"Tu m'emmènerais voir ta famille ?" demandai-je avec surprise.

"Bien sûr. Tu vas avoir mon bébé. Tu dois rencontrer les gens qui l'aimeront presque autant que nous." Il m'embrassa encore.

Tout se passait trop bien. Cela n'avait pas de sens. Les choses ne se sont jamais parfaitement passées dans mon monde. Quelque chose finirait par tout foutre en l'air. Mais pour l'instant, les choses allaient bien, et je pouvais profiter du moment.

Quand nos lèvres se séparèrent, il avait encore de grandes choses à me dire. "Je sais que c'est soudain. Je veux dire, nous avons été frappés par beaucoup de choses. Mais tu n'es pas seule. Et je veux être là pour toi autant que pour le bébé. Viens à Malibu. Vivre dans ma maison. Je ne veux pas précipiter une relation ou quoi que ce soit comme ça, alors n'aie pas peur de ce que je dis ici."

"Tu n'as pas peur ?", demandai-je. "Je veux dire, je ne veux rien forcer non plus. Tu as assez de place pour que j'aie ma propre chambre, pour qu'on n'aille pas trop vite ?"

"J'ai quatre chambres. Il y en aura une pour toi, une pour le bébé, et nous en aurons toujours une pour les invités. Toutes les chambres ont leur propre salle de bain, donc on ne se gênera pas." Il m'embrassa la joue. "Je le pense vraiment. Je veux faire partie de tout ça, la grossesse aussi. Je ne veux pas rater une seule chose en ce qui concerne cet enfant."

J'étais reconnaissante d'entendre à quel point il était optimiste à propos de tout ça. Mais je ne voulais pas devenir un fardeau pour lui. "Je paierai la moitié du loyer et de toutes les autres factures."

"Mais bien sûr." Il se mit sous les draps avec moi et mit son bras autour de moi. "Qu'est-ce que tu fais dans la vie, de toute façon ?"

"Je conçois des couvertures de livres. Je suis indépendante. Je peux travailler de chez moi. Je n'aurai jamais à laisser le bébé avec une nounou pour faire mon travail." Je souris. La flexibilité de mon travail me rendait heureuse. Avec tous les soucis que j'avais à l'idée d'avoir cet enfant, savoir que je n'aurais pas à trouver une nounou était un grand soulagement.

"Cool. Non pas que tu doives travailler. J'ai bien assez d'argent. Mais si tu veux le faire pour t'occuper, vas-y." Il me serra un peu les épaules.

"Je ne pourrai pas être ta petite esclave avant un bon bout de temps. Ça ne te dérange pas, Nix ?" lui demandai-je, car je n'avais aucune idée de ce qu'il voulait.

Il gloussa. "Ouais, je sais. Ce n'est pas grave. De toute façon, je n'ai envie de ça que quelques fois par an. Ce n'est pas mon truc à plein temps."

Heureuse d'entendre ça, je posai ma tête sur sa poitrine et je me sentis en sécurité dans ses bras. Je ne m'étais jamais sentie autant en sécurité que quand il me tenait dans ses bras. J'avais un père pour mon enfant. Un homme qui voulait être là pour moi et notre bébé.

Je n'arrivais pas à croire qu'une rencontre fortuite dans un club BDSM finisse comme ça.

J'étais enceinte d'un homme fortuné qui m'emmenait à Malibu, en Californie, pour y vivre je ne sais combien de temps. L'avenir s'annonçait beaucoup plus prometteur qu'il ne l'avait jamais été auparavant.

Mais cette chose tenace en moi qui détestait me donner de l'espoir à propos de quoi que ce soit est venue me harceler. *Les choses ne vont jamais bien pour toi, Katana Reeves, tu le sais. Quelque chose va arriver et fera déraper ce truc. Attends de voir.*

J'appuyai mes lèvres contre la poitrine de Nix et j'essayai de faire taire la voix lancinante dans ma tête. Pour l'instant, tout se passait bien. Pour l'instant, j'avais un homme qui allait faire ce qu'il fallait. Cela n'avait pas été planifié, mais cela s'était produit, et il avait eu le sang-froid nécessaire pour y faire face.

Pour l'instant, ça irait.

13

NIXON

Katana dormit comme un bébé dans mes bras le reste de la nuit. Je suppose que le fait d'avoir enfin quelqu'un pour elle pouvait avoir quelque chose à voir avec ça. Je n'avais aucune idée de ce que c'était que d'être seul au monde. Ça doit être terrible. Ce n'est pas une chose que je souhaiterais à quiconque.

J'avais du mal à croire qu'une femme aussi belle qu'elle puisse être si seule. Quel que soit son passé, son avenir était prometteur. Elle ne serait plus jamais seule maintenant qu'elle portait notre enfant. Et quoi qu'il arrive, je ne lui tournerais jamais le dos. Mais je n'avais aucune idée de ce que je pouvais lui donner.

Ce ne serait pas juste pour elle de lui demander de m'épouser puisqu'on se connaissait depuis si peu de temps. Je ne croyais pas au divorce – c'est comme ça que j'avais été élevé. Mes parents étaient mariés depuis longtemps et nous avaient tous appris que quand on épousait quelqu'un, on restait avec lui pour le meilleur et pour le pire.

Maman et Papa ne nous avaient pas laissés participer à leurs mauvais moments, mais nous savions qu'ils en avaient eus. Les choses devenaient un peu tendues à la maison et parfois ils échangeaient à peine quelques mots, mais avant que nous ne nous en rendions compte, ils avaient réussi à régler les choses sans que l'on n'en sache rien. Maman nous disait toujours qu'il était important pour un père et une mère de mettre leur mariage au-dessus de tout le reste. De le considérer de la même façon que vous considéreriez un partenariat d'affaires dans une entreprise très rentable.

Je ne comprenais pas pourquoi elle disait ça quand j'étais plus jeune. Je veux dire, un couple ne devrait-il pas toujours faire passer ses enfants en premier ?

Mais j'avais entendu Maman expliquer son idéologie à ma sœur juste avant son mariage. Maman lui avait dit que le mariage était le fondement de la famille qui allait bientôt suivre. Sans une base solide, tout s'écroulerait. Chaque membre de la famille était important et chacun y avait sa part. Mais sans un mariage solide, tout pouvait s'écrouler.

Je ne pouvais pas faire un mariage solide avec Katana à ce stade. Ce ne serait pas juste pour nous ou pour le bébé. Mais je pouvais être gentil, et je pouvais être là pour elle. Je savais qu'elle s'en voulait pour la grossesse, elle me l'avait dit. Mais je voulais désespérément lui enlever ce fardeau de ses épaules étroites.

Puis, je fis un pacte avec moi-même pour faire savoir à Katana que j'étais aux anges à propos de la naissance du bébé. Parce que c'était la vérité. Je n'avais jamais envisagé d'avoir un enfant. Pas même une seule fois. Mais je croyais que c'était seulement parce que je n'avais pas trouvé la bonne personne pour moi – c'était une autre croyance forte que mes parents m'avaient inculquée.

Katana étant déjà enceinte, accident ou pas, je n'avais pas le choix. J'allais être père, fin du sujet. Pourquoi le combattre ? Pourquoi ne pas en profiter ?

Mes parents ne seraient pas très contents de moi au début, mais ça leur passera. Ils adoraient chacun de leurs petits-enfants, et ils adoreraient le mien aussi, même s'ils n'étaient pas d'accord sur le fait que Katana et moi ne soyons pas mariés.

En la tenant dans mes bras et en respirant le doux parfum de son shampooing à la lavande, je me demandais comment nous allions finir par nous entendre. Serait-elle d'accord pour qu'on soit plus amis et co-parents quue couple ? Parce que c'est comme ça que j'imaginais que ça finirait.

Alors même que cette pensée me traversait l'esprit, je la sentais se blottir en moi, poussant un soupir comme elle le faisait. Mon cœur battit un peu plus fort – ça me faisait du bien de la faire se sentir bien. Elle se sentait en sécurité, ça se voyait. Je pouvais la protéger. Je pouvais lui éviter de s'inquiéter pour quoi que ce soit. Avec mon argent, mes ressources et ma famille, il y avait beaucoup de choses que je pouvais faire pour elle, et je pourrais le faire pour le reste de sa vie.

Ce que je ne pouvais pas faire, c'était lui dire que je l'aimais. Je ne le pensais pas, et je ne lui mentirais pas à ce sujet. Et j'espérais qu'elle ne me mente jamais à ce sujet non plus.

Katana n'était pas une chercheuse d'or, du moins elle n'en avait pas l'air. Mais là n'était pas la question. Elle portait mon enfant ; je m'assurerais toujours qu'elle ait assez de ressources pour prendre soin de l'enfant pour le reste de sa vie. En quelque sorte, elle avait gagné au loto quand ma graine s'était implantée en elle.

Une autre pensée me frappa, et celle-ci m'assomma un peu. Et si je tombais amoureux d'elle, mais qu'elle ne tombait jamais amoureuse de moi ? Et si elle rencontrait un jour un homme dont elle tombe amoureuse et qu'elle veuille l'épouser ? Quelle place me resterait-il ?

Je poussai un profond soupir, comprenant à quel point les choses pouvaient être difficiles à l'avenir. L'avenir était incertain. Tout ce que je pouvais faire, c'est faire de mon mieux. Soudain, je sentis le poids énorme de la responsabilité reposer sur mes épaules.

Un père pour un enfant, un co-parent avec une femme qui n'avait personne d'autre au monde, et la responsabilité de s'assurer que personne ne se perde ou ne soit exclu de notre petite famille.

J'allais avoir ma propre famille !

Cela ne s'était peut-être pas passé comme je l'avais imaginé un jour, mais j'étais sur le point d'avoir ma propre famille. Mon père nous avait tous appris que l'homme de la maison avait plus de responsabilités envers la famille que quiconque.

J'espérais que ce ne soit pas vrai. J'aimais à penser que les deux parents assumaient cette responsabilité ensemble. Et pour la plupart, d'après ce que j'avais vu dans les mariages des autres, cela s'avérait. Mais de fait, j'avais eu peu d'expériences avec les mariages.

Quand ma sœur eut son premier bébé avec son mari quelques années après leur mariage, j'étais là. Les choses se passaient bien. Elle et son mari travaillaient ensemble pour qu'elle reste calme et qu'elle respire pendant les contractions douloureuses. Une vraie équipe.

Tout le monde était venu à l'hôpital pour accueillir le premier membre de notre famille élargie. À tour de rôle, certains d'entre nous avaient patienté dans la salle d'attente tandis que d'autres passaient un peu de temps dans la chambre avec eux. J'étais dans la pièce avec eux quand tout bascula.

Une alarme se déclencha tandis qu'elle avait une contraction et soudain, deux infirmières arrivèrent à la porte, dans l'urgence. Ma sœur tenait la main de son mari, et les deux semblaient nerveux. Je n'avais aucune idée de ce qui se passait.

"Nous devons l'emmener au bloc tout de suite", dit l'une des infirmières.

"Attendez, pourquoi ?", demanda mon beau-frère. "Que se passe-t-il ?"

L'infirmière, qui s'affairait à retirer les perfusions du support et à les placer sur le lit, lui répondit : "Cette alarme nous dit que le cœur du bébé a cessé de battre. On va devoir faire une césarienne d'urgence." Elle appuya sur le bouton d'appel sur le lit et une autre infirmière lui demanda ce dont elle avait besoin. "Préparez le bloc et faites venir le médecin et tout le monde," lui dit-elle.

Ma sœur se mit à pleurer. "Que va-t-il se passer ?" demanda-t-elle à la cantonade.

L'infirmière la plus proche d'elle lui tapota le bras. "Vous serez anesthésiée, et on sortira le bébé et on verra ce qu'on peut faire pour faire repartir son cœur." Elle regarda mon beau-frère. "Papa, vous pouvez aider Maman à rester calme jusqu'à ce qu'on l'endorme ? Et vous devrez mettre une blouse — elles sont dans la pièce juste avant que nous n'arrivions à la salle d'opération. Vous devez vous dépêcher. Vous aurez des décisions à prendre après l'accouchement. Votre femme ne sera pas capable de prendre ces décisions, car elle sera endormie."

Son visage pâlit, et il hocha la tête. Mais la couleur revint rapidement sur son visage, et il regarda sa femme avec une force qu'il n'avait jamais eue auparavant. "Je t'aime. Je m'occupe de ça. Je m'occupe de toi et de notre fils. Tu n'as pas à t'inquiéter. Tu peux compter sur moi." Il me regarda, figé sur place, choqué et inquiet. "Nixon, j'ai besoin que tu ailles informer la famille de ce qui se passe. Dis-leur que je viendrai vous dire comment ça se passe dès que nous aurons tout sous contrôle."

"Je t'aime, soeurette," réussis-je à dire, et puis je me dépêchai de sortir de la pièce.

À ce moment-là, j'avais vu le transfert d'énergie. J'avais vu à quoi ressemblait une femme lorsqu'on la mettait dans une situation d'impuissance totale, et j'avais vu le poids de la responsabilité reposer sur les épaules du mari.

Plus tard, après la naissance du bébé et après qu'ils eurent découvert que le cordon ombilical s'était écrasé et avait été pincé par la tête du bébé, provoquant l'arrêt des battements du cœur, mon beau-frère sortit.

"Il va bien. Et elle aussi. C'était effrayant, mais je ne veux pas que vous vous inquiétiez. Je vais prendre bien soin de ma femme et de mon fils", dit-il.

Ma mère alla le serrer dans ses bras et se mit à pleurer. "Tu es un homme fabuleux. Notre fille a de la chance de t'avoir."

Nous avions tous acquiescé de la tête, et tout le monde avait gagné beaucoup de respect pour l'homme que notre sœur avait épousé. Et après avoir été témoin de scènes similaires avec le reste de ma famille, je connaissais les obstacles qui pouvaient se présenter à moi avec un bébé et une femme à charge. Une lourde charge de responsabilités.

C'était intimidant, oui, mais tout à fait faisable.

J'embrassai le sommet de la tête de Katana, fermant les yeux et essayant d'arrêter de penser à tout cela pour pouvoir m'endormir.

Mon avenir avait changé à jamais, et je pouvais me reposer en sachant que j'avais été bien élevé et que j'étais capable de gérer tout ce qu'on venait de me donner.

14

KATANA

Après avoir enfin eu une bonne nuit de sommeil, je me réveillai fraîche et mieux que je ne l'avais été depuis très longtemps. J'entendis au bruit venant de la salle de bain que Nixon s'était levé avant moi. Quand je m'assis et que je m'étirai, je vis quelque chose pendu au crochet de la porte du placard et je vis une toute nouvelle paire de chaussures plates noires au fond d'un sac à vêtements.

Un sourire se dessina sur mes lèvres, puisque je comprenais que Nix venait de me faire livrer quelque chose à porter puisque mes vêtements avaient été pratiquement détruits. Il savait vraiment comment prendre soin d'une fille. J'avais de la chance d'être tombée enceinte de lui et non d'un moins que rien.

La porte de la salle de bains s'ouvrit et la vapeur s'en échappa, enveloppant une silhouette musclée. Nixon se tenait là avec une serviette autour de la taille alors qu'il se frottait la tête avec une autre serviette pour se sécher les cheveux. "Salut, jolie demoiselle. Content de te voir debout. Tu veux aller prendre un petit-déjeuner ?" Il fit un geste de la tête en direction du sac à vêtements. "Je t'ai trouvé quelque chose à te mettre."

En sortant du lit, je pris le drap pour l'enrouler autour de moi. La perte de poids me mettait mal à l'aise avec mon corps maigre. "Je vais me doucher et m'habiller pour qu'on puisse partir."

Il s'écarta de mon chemin, mais il tendit la main et attrapa le haut du drap. "Pourquoi tu te caches derrière ça ?"

Baissant la tête, je marmonnai : "Je ne me cache pas."

Il lâcha le drap et me prit par le menton. "Tu n'aimes pas ton poids, n'est-ce pas ?"

Je secouai la tête. "Pas vraiment."

"Ne t'inquiète pas. Je vais m'assurer qu'on s'occupe bien de toi maintenant. Nous trouverons un médecin à Los Angeles pour t'aider à te sentir mieux." Il m'embrassa le front. "Ne t'inquiète de rien, je m'occupe de tout."

"Je me sens déjà beaucoup mieux", avouai-je en regardant dans ses yeux verts. "Ton soutien compte beaucoup pour moi. Je sais que ce n'était pas prévu..."

Il me mit son doigt sur mes lèvres. "Chut. Je veux que tu saches quelque chose. Peu importe que ce ne soit pas prévu. Je suis aux anges avec ce bébé, et je ne te remercierai jamais assez de m'avoir facilité la tâche."

Je n'arrivais pas à croire ce que j'entendais sortir de sa bouche. Il était aux anges ? "Tu es un homme surprenant, Nixon Slaughter. Ça fait moins d'un jour que tu as appris pour ce bébé, et tu t'impliques déjà beaucoup plus que je ne l'aurais cru possible."

"Ouais, eh bien, ce qui est fait est fait. Pourquoi le combattre ? Autant en profiter autant qu'un vrai couple, n'est-ce pas ?", demanda-t-il, puis il s'éloigna de moi.

"C'est une attitude géniale", dis-je en entrant dans la salle de bains.

Malgré son attitude parfaite, ce qu'il venait de dire me toucha plus que de raison. C'était peut-être les hormones, je ne pouvais pas le dire, mais je sentis des larmes me monter aux yeux, et elles glissèrent le long de mes joues.

Nous n'étions pas un couple. Nous n'étions guère plus que des étrangers. Et nos chemins ses sont rapprochés avec cette grossesse. Comment avais-je pu me mettre dans une situation aussi délicate ?

Comment un enfant s'en sortirait-il avec des parents qui ne s'aimaient même pas ?

J'entrai dans la douche, laissant l'eau laver mes larmes. Mes mains tremblèrent quand je les déplaçai sur mon ventre plat. Il y avait quelque chose qui grandissait en moi, un petit humain qui grandissait de jour en jour. Et le père et moi, on se connaissait à peine.

Faisant de mon mieux pour me ressaisir, j'essayai d'arrêter d'avoir de telles pensées et j'essayai de me concentrer sur le fait que j'avais quelqu'un qui serait à mes côtés pendant tout ce temps. Certes, je n'avais aucune idée de l'aide que Nixon m'apporterait, mais ce qu'il m'avait dit me faisait dire qu'il serait génial. L'avoir serait bien mieux que de faire ça toute seule.

Un coup à la porte me fit sortir de mes pensées intérieures. "Hey, si tu ne te sens pas d'humeur à sortir, je peux commander avec le service de chambre. Tout dépend de toi."

"Si tu veux commander, tu peux le faire ", criai-je, puis je finis de me rincer les cheveux.

Il ouvrit la porte et entra. "Je veux que tu décides, Katana."

"Ça m'est égal." Je reculai un peu, espérant que l'eau frappant la porte de douche en verre clair déforme quelque peu mon image. Mes os des hanches saillaient et je détestais leur apparence.

"Choisis," dit-il, non découragé par mon manque de réponse. "Il y a un buffet de petit-déjeuner dans un des cafés du rez-de-chaussée. Ça ne te plairait pas ?"

Je pouvais voir qu'il n'allait pas prendre la décision, alors j'en pris une. "Ouais, OK. Je sors maintenant."

"D'acc." Il repartit en laissant la porte grande ouverte.

En me séchant, je pensai à la gentillesse de Nix. Les choses pouvaient vraiment s'arranger entre nous. Je ne m'attendais pas à ce qu'il tombe amoureux de moi ou quelque chose comme ça, mais ça serait bien de m'entendre avec lui. J'allais peut-être vivre avec lui pendant environ dix-huit ans, et m'entendre avec lui faciliterait les choses.

Enveloppant la serviette autour de moi, j'allai chercher le sac à vêtements et je le vis en train de regarder la télévision. "Comment te sens-tu ?"

"Plutôt bien", dis-je, et je pris le sac de vêtements et je retournai à la salle de bain pour m'habiller. Je trouvai une autre robe très chère dans le sac et je sortis la robe bleue foncé qui tombait au genou. Je fermai une grande partie de la fermeture éclair dans le dos sans parvenir à la fermer en entier.

Faisant de mon mieux, je lui demandai de finir de fermer ma fermeture éclair. Je passai les chaussures plates on sortit. Sa main sur le bas de mon dos était douce et agréable. La façon dont les gens nous regardaient lorsque nous arrivâmes dans la salle à manger me fit sourire, 'ils hochaient la tête poliment et nous saluaient.

C'était très différent de la façon dont les gens nous avaient regardés lorsque nous étions venus au même endroit il y a presque un mois. Maintenant, on nous voyait différemment de ce que nous étions auparavant – quelque chose plus proche du couple que d'un coup d'un soir coquin. Et ça me fit me sentir encore mieux.

Une hôtesse nous dit de nous asseoir où nous voulions après nous avoir fait savoir que le coût du buffet serait ajouté à la facture de la chambre d'hôtel. Il y avait de la nourriture en abondance et tout semblait et sentait bon.

Nixon me conduisit à une table près de la fenêtre. "Comme ça ? Ou tu veux t'asseoir ailleurs ?"

"C'est bon, Nix." Je posai mon sac sur la chaise, et nous allâmes au buffet.

Il se tint près de moi pendant que nous remplissions nos assiettes, me montrant des choses saines comme les fruits frais et me disant qu'elles seraient excellentes pour le bébé et moi. Un sourire flottait sur mon visage parce qu'il s'intéressait déjà à moi et à notre petit bébé à naître.

Quand nous nous assîmes pour manger, il me prit la main de l'autre côté de la table. "Merci encore de m'en avoir informé si tôt. Je doute que la plupart des femmes soient aussi délicates que toi sur ce sujet. Veux-tu que j'appelle un service de déménagement pour amener tes affaires chez moi aujourd'hui ?"

"Aujourd'hui ?" demandai-je, juste avant de mettre un morceau de délicieux lard fumé au noyer dans la bouche.

"Bien sûr, pourquoi pas aujourd'hui ?" demanda-t-il, puis il coupa sa pile de pancakes, en en prenant une bouchée.

"Eh bien, je dois faire savoir à mon propriétaire que je déménage. J'ai un bail. Il ne me laissera peut-être pas en sortir." Je pris un verre de jus de pomme et attendis de voir ce qu'il en pensait.

"Je paierai pour te sortir du bail. Est-ce qu'il faudrait que nous allions le voir aujourd'hui et que nous nous en occupions ?" demanda-t-il en posant sa fourchette et en me regardant. "Je veux te ramener à la maison avec moi."

Flattée, je ne savais pas quoi dire. Il y avait des choses dont je devais m'occuper. Pas une tonne de choses, mais il y en avait. J'avais du linge à laver et je devais faire mes valises. Il me faudrait des cartons pour faire ça. "Nix, il me faudra à peu près une semaine pour faire ce que j'ai à faire."

"Une semaine ?" Il avait l'air abasourdi, en secouant la tête. "C'est trop long. Je veux t'emmener voir un médecin."

"Je ne pense pas que ce soit une urgence," dis-je en riant. "Et je ne pense pas qu'on aura un rendez-vous aussi vite de toute façon. Une semaine, ce n'est pas si long."

Il regarda son assiette et prit un morceau de bacon qu'il grignota en réfléchissant à ce que j'avais dit. Il fronça les sourcils, pensant probablement à ce qu'il pouvait dire pour que j'aille plus vite. "Je peux rester avec toi et t'aider à tout faire."

Mon appartement était un vrai dépotoir. Malade – en fait, enceinte – j'étais trop fatiguée pour faire quoi que ce soit. Je ne voulais en aucun cas qu'il voie le désordre de l'endroit. "Nix, je peux être honnête avec toi ?"

"Oui, je t'en prie", me dit-il, puis il me prit la main. "Tu peux toujours être honnête avec moi, Katana."

"Super", soupirai-je en me préparant à lui dire la vérité. "Mon appart est un dépotoir en ce moment. Je ne veux pas que tu le voies. Depuis que je suis malade..."

Il me serra la main pour m'interrompre. "Arrête-toi là. Si tu crois que je vais te juger selon l'état de ton appartement, tu te trompes complètement. Plutôt, laisse-moi engager une femme de ménage pour nettoyer les choses pour toi. Laisse-moi m'occuper de toi." Il secoua la tête avant de changer d'avis sur ce qu'il venait de dire. "Non – oublie. Je vais prendre soin de toi. J'engage une femme de ménage pour nettoyer ta maison. J'engage des déménageurs pour emballer tes affaires et les amener à Malibu. Et je vais venir avec toi pour parler à ton propriétaire afin de régler toute somme due pour rupture de bail. Pas de discussion."

Je ne savais pas quoi penser ou répondre à tout ça. Mais ma bouche s'ouvrit et des mots que je n'imaginais pas sortirent. "Non, je vais m'en occuper moi-même, Nix. Je serai chez toi dans une semaine. Et je m'occuperai de tout l'argent que je dois à mon propriétaire. Merci, mais je peux faire tout cela toute seule."

Mais d'où est-ce que c'est sorti ?

15

NIXON

Je devais admettre que Katana m'avait stupéfait quand elle avait refusé mon aide. Mais cela m'indiquait que cette femme n'était pas une chercheuse d'or, même si je ne le suspectais pas vraiment de toute façon. Cela faisait une semaine que je l'avais quittée pour qu'elle puisse s'occuper de ses affaires, et je m'attendais à ce qu'elle arrive d'un moment à l'autre. Les déménageurs avaient déjà apporté ses affaires chez moi la veille, et tout avait déjà été rangé. Elle arrivait à la maison pour découvrir qu'elle n'avait rien à faire. J'espérais qu'elle en serait ravie.

Avant de la laisser à Portland, je lui avais donné une clé de ma maison et j'avais écrit pour elle le code du système de sécurité, juste au cas où je ne sois pas à la maison quand elle allait arriver, pour une raison quelconque. Mais j'avais tellement hâte qu'elle arrive que je sortis plus tôt du travail pour être à la maison.

Quand la porte d'entrée s'ouvrit vers midi, je me levai, excité à l'idée de notre nouveau départ. "Salut !"

Mon visage se figea, et je m'arrêtai à l'endroit où j'étais quand je vis que ce n'était pas Katana, mais Shanna qui venait d'entrer. "Salut toi. Qu'est-ce que tu fous à la maison si tôt un jour de travail ?"

Je n'avais dit un mot à personne à propos de cette nouvelle. Et de toutes les personnes présentes dans ma vie, je savais que Shanna serait celle qui penserait que ce que je faisais était stupide.

Me rasseyant sur le canapé, je dis : "J'ai quelque chose. Et toi, qu'est-ce que tu fais là ? Et pourquoi n'es-tu pas au travail ?"

"C'est vendredi. Je finis toujours plus tôt le vendredi. Et je viens souvent ici pour m'allonger sur ta terrasse et me détendre quelques heures." Elle prit le siège en face de moi. "Tu m'as donné ta clé et tu m'as dit de venir quand je voulais."

C'était vrai. Et maintenant, je regrettais de l'avoir fait. Comment Shanna allait-elle prendre Katana, et vice versa ?

Me penchant vers l'avant, je posai mes coudes sur mes cuisses entrelaçant mes doigts, en essayant de penser à la façon dont je devrais annoncer ma nouvelle à Shanna. Il n'y avait vraiment pas de bonne façon de lui en parler, alors je fonçai. "Ok, tu dois savoir quelque chose. Les choses sont sur le point de changer. Et je veux dire un sacré paquet de choses."

Je vis ses yeux traverser la pièce jusqu'au rocking chair tout neuf que j'avais acheté pour nous, quand le bébé serait là. Elle fit un signe du menton en sa direction. "Pourquoi le nouveau rocking chair, Papi ?"

Elle m'avait laissé une transition parfaite, et j'y allai : "Je vais être père, Shanna."

Ses yeux bleus revinrent vers moi, et sa mâchoire s'ouvrit. "Non !"

J'hochai la tête et je me rassis en arrière. "La femme dont je t'ai parlé, celle qui m'avait tant préoccupé..."

"La pute sans cervelle ?", cria-t-elle.

"Hé !" Je plissai les yeux vers elle. "Shanna, tu es ma meilleure amie depuis très longtemps, mais je ne vais pas te laisser parler ainsi de la mère de mon enfant. Elle n'est pas ce que tu crois. C'est en fait une créatrice indépendante de couvertures de livres et une femme adorable. Elle pensait que tout irait bien, mais elle avait oublié de prendre ses pilules contraceptives avant qu'on se rencontre ce soir-là au club."

"Mais bien sûr", dit Shanna en plissant ses yeux en ma direction. "Cette pute n'est peut-être pas stupide après tout. Elle pourrait être très sournoise. Aller dans un club comme celui-là, rempli d'hommes riches, elle savait exactement ce qu'elle faisait. Tu es un imbécile, Nixon. Heureusement pour toi, je peux m'occuper de cette salope croqueuse d'or."

"Tu ne t'occuperas de rien, Shanna. Katana n'est pas du tout ce que tu crois qu'elle est. Elle a eu une semaine difficile et a oublié de prendre les pilules. Je la crois." Je me levai et fis les cent pas, essayant de me calmer. Elle m'avait mis en colère, ce qui n'arrivait pas souvent, surtout avec elle.

"Nixon, tu dois regarder les choses en face. Elle s'est servie de toi en utilisant son cul fauché pour tomber enceinte, puis pour avoir un ticket repas qu'elle pourrait utiliser pour le reste de sa pitoyable vie." Shanna se leva aussi et se dirigea vers moi, me saisissant par les épaules pour me faire arrêter de faire les cent pas. "Tu vas devoir faire un test ADN après la naissance de l'enfant. Si c'est le tien, tu devrais en avoir la garde et la laisser tomber. Je t'aiderai à élever l'enfant, et tu sais que tes parents laisseraient tout tomber pour venir t'aider aussi. Ne laisse pas cette traînée te baiser plus qu'elle ne l'a déjà fait."

Tandis que je regardais dans les yeux de cette femme en qui j'avais toujours eu confiance, je ne savais pas quoi penser. Et si elle avait raison ?

Je ne connaissais pas du tout Katana Reeves. J'en savais si peu sur elle, et pourtant j'avais déjà pris un engagement énorme envers elle. Shanna avait peut-être raison. Mais que pouvais-je faire maintenant ?

"Elle sera là aujourd'hui. Je lui ai demandé de venir vivre avec moi", lui dis-je.

Shanna me laissa partir et se retourna pour se taper le front. "Merde ! T'es sérieux là, putain ? Pourquoi tu ferais quelque chose d'aussi radical, Nixon ?"

"Je veux faire ce qui est juste. Écoute, tu ne la connais vraiment pas. Elle n'est pas ce que tu crois. Si c'était une chercheuse d'or, elle m'aurait laissé faire tout ce que je voulais pour elle. Elle ne m'a pas laissé dépenser un centime pour l'amener ici. Elle a proposé de payer la moitié des factures ici, ce que j'ai refusé, bien sûr."

Shanna se retourna avec un froncement de sourcils terrible sur le visage. "Nixon, s'il te plaît, dis-moi que tu peux voir clair dans tout ça. Bien sûr, pourquoi ne pas prendre en charge les petits frais de déménagement de toutes ses affaires et de tout ce qu'elle a dû faire d'autre ? À la fin, elle sera riche, parce que tu fais l'imbécile."

Je ne voyais pas Katana comme ce genre de personne. "Elle n'était jamais allée dans ce club avant. C'est une enfant adoptée sans famille à sa connaissance. Je ne pouvais pas la laisser se débrouiller toute seule en portant mon bébé. Elle a été malade pendant sa grossesse..."

"C'est ce qu'elle t'a dit ?" demanda Shanna alors que ses poings se posèrent sur ses hanches étroites. "Parce que les gens peuvent mentir, tu sais."

"Elle a perdu du poids – au moins cinq kilos, et en très peu de temps. Elle ne ment pas. Je veux faire partie de tout ça. Je veux partager ça avec elle. Comprends-le ou pas, ça n'a pas d'importance. Elle emménage avec moi, et nous allons élever cet enfant ensemble."

"Tu veux dire que tu vas l'épouser ?" demanda-t-elle, puis elle souffla sur sa frange blonde pour l'enlever de ses yeux.

"Je n'ai pas dit ça. Nous ne sommes pas amoureux. On n'a été ensemble que deux fois. Ce serait insensé de lui demander de m'épouser, n'est-ce pas ?", demandai-je. C'était dans mon esprit, cette idée de rendre les choses "réelles" entre nous... La semaine dernière, j'avais pensé à elle encore plus que je ne l'avais fait, avant qu'elle ne m'annonce sa nouvelle. Je n'arrêtais pas d'imaginer son beau visage, d'entendre sa voix délicate, et elle me manquait encore plus qu'au départ.

"Tout ça est dingue, donc oui," répondit-elle. "La demander en mariage serait une énorme erreur."

Je m'assis et je me pris la tête dans les mains. La réaction de Shanna était la raison exacte pour laquelle je n'avais parlé à personne de ce que j'avais décidé avec Katana. Sans la participation des autres, j'avais pris toutes les décisions assez facilement. Mais maintenant, j'étais en train de remettre en question tout ce que j'avais décidé.

"Elle me manque, Shanna. Et ce n'est pas la première fois." Je décidai de me confesser à ma meilleure amie. J'avais peut-être eu tort de lui cacher tant de choses. C'était peut-être pour cela qu'elle avait pris cette position ferme, parce qu'elle ne comprenait pas tout. "Quand nous sommes rentrés du Texas, j'avais déjà décidé que j'allais reprendre le jet et aller à Portland pour la retrouver. Mais elle m'a appelé avant même que je sois en train de me diriger vers elle. Quand on s'est rencontrés à l'hôtel, on n'a pas pu se quitter et on s'est retrouvés au lit avant même qu'elle puisse me dire quelque chose."

Elle avait l'air abasourdie. "Tu m'as caché ça ? Pourquoi ?"

"Je savais que tu aurais essayé de m'arrêter." Je la regardai et j'espérais qu'elle pourrait voir ce que je ressentais vraiment pour Katana. "Je ne voulais pas emmener Bianca au bar ce soir-là parce que j'avais Katana en tête. Je pense à elle depuis que je l'ai quittée ce premier jour. Je ne sais pas si elle tombera un jour amoureuse de moi, mais je peux te dire que je suis en sacrée bonne voie pour tomber amoureux d'elle. Mais je ne la pousserai pas pour ça. Je ne veux pas qu'elle sente qu'elle doit m'aimer pour que je sois dans la vie du bébé."

"Eh bien putain, mec." Elle secoua la tête.

Et ses paroles résumaient tout.

16

KATANA

Alors que je conduisais en haut de la colline, vers l'adresse que Nix m'avait donnée, mon GPS m'indiqua que la prochaine maison était ma destination finale. Je vis quelqu'un sortir par la porte d'entrée, une grande, agile et jolie blonde, qui n'avait pas l'air très content quand elle monta dans sa voiture et partit en trombe dans la direction opposée.

En arrivant dans l'allée qu'elle venait de quitter, je sentis une pointe de jalousie qui me transperçait le cœur. *C'est peut-être juste la femme de service.*

En me débarrassant de cette émotion négative, je me préparai à entrer dans ce qui allait être ma maison pour un petit moment encore. Je n'avais pas beaucoup d'espoir de rester pour toujours dans la maison de Nixon. Même si ses intentions étaient bonnes, je supposai qu'à un moment donné dans le futur, il trouverait une femme qui serait bonne pour lui – quelqu'un clairement de son niveau, ce que je n'étais pas.

En sortant de la voiture, je pris mon sac à main et le sac de voyage que j'avais préparé pour mon bref séjour dans un motel à Portland, où j'étais allée après m'être assurée que les déménageurs avaient tout pris dans mon ancien logement. Ils étaient tout de suite partis, voulant amener mes affaires chez Nixon avant mon arrivée. Maintenant, il fallait que je rentre à l'intérieur et que j'essaie de ranger les choses pour que mes trucs se retrouvent dans des cartons un temps infini, prenant de la place.

Quand j'arrivai à la porte, j'allai taper le code pour désarmer le système de sécurité avant d'utiliser la clé pour ouvrir la porte, exactement comme Nix me l'avait expliqué. Mais je pensai qu'il valait mieux sonner la cloche à la place, au cas où il serait à la maison, ce que je ne pouvais pas dire d'où j'étais car son garage était fermé.

Quand la porte s'ouvrit, je vis le beau visage de Nix. "Salut, pourquoi t'as sonné la cloche ? Je t'avais dit d'entrer." Il ne perdit pas une minute et me tira à l'intérieur pour me serrer dans ses bras. "Tu m'as manqué."

Ses bras autour de moi firent ce qu'ils semblaient toujours faire – me faire mouiller de désir pour lui. Quand il ferma la porte et m'y cloua, j'eus l'impression que son corps réagissait autant que le mien.

Il me regarda avec des yeux emplis de désir, et je fis courir mes mains sur son visage barbu. "Elle a poussé encore plus. Tu as l'air si dangereux."

Se penchant, il m'embrassa doucement. "Bien, c'est exactement ce que je voulais. Je t'ai manqué au moins un tout petit peu ?"

Seulement à chaque instant.

Je ne voulais pas aller si loin. Je n'avais jamais eu l'intention de lui donner l'impression que je voulais plus que ce qu'il était prêt à me donner. "C'est possible."

Ses mains descendirent le long de mes bras tandis qu'il appuyait son érection contre moi. "Tu as cet effet fou sur moi."

Je ris mais je m'arrêtai quand j'entendis quelqu'un dans la cuisine. "Il y a quelqu'un ?"

"Oui, l'employé de maison." Il m'embrassa encore. "Merde, je suppose que je dois te la présenter. »

Donc la femme que j'ai vue n'était pas elle... alors qui c'était ?

Je gardai mes pensées pour moi. "Oui, tu peux nous présenter. Après ça, j'ai vraiment besoin de m'y mettre pour ranger mes affaires."

"Pas besoin, je m'en suis occupé", dit-il en se déplaçant d'un côté et en posant son bras sur mes épaules.

"Tu as tout déballé et rangé ? Déjà ?" J'étais choquée, étonnée et reconnaissante.

"Oui, j'ai demandé aux déménageurs d'en faire une partie, et ma femme de service et son fils ont fait le reste. J'espère que ça ne te dérange pas." Il s'arrêta et désigna un rocking chair qui était installé près de portes vitrées qui menaient sur une magnifique terrasse en bois dehors. "Je l'ai acheté hier pour qu'on puisse bercer notre bébé. Tu aimes ?"

Le rocking chair en bois avait été blanchi à la chaux, ce qui lui donnait un aspect rustique. "C'est sympa. J'aime bien. Comme tu es attentionné !"

Il haussa les épaules et passa à autre chose, me tirant avec lui. "Je ne sais pas ce qui me prend." Lorsque nous entrâmes dans la cuisine, mes yeux se posèrent sur une femme d'âge moyen qui avait le visage un peu rouge, après avoir nettoyé l'intérieur d'une armoire. "Mona Black, je te présente la maîtresse de maison, Katana Reeves."

S'essuyant les mains sur son tablier blanc, elle se dirigea vers moi. "C'est un plaisir de vous rencontrer, Madame." Je lui serrai la main et appréciai son sourire amical. "M. Slaughter m'a annoncé votre bonne nouvelle. Félicitations."

Je regardai Nix et je me demandai pourquoi il avait cette femme, qui était clairement plus âgée que lui, qui l'appelait d'un nom aussi formel. Quelle que soit sa préférence, je n'allais pas me faire appeler madame ou Mlle Reeves. "Merci. Enchantée de vous rencontrer. Et appelez-moi Katana."

"D'accord." Elle retourna à ce qu'elle faisait avant, tout en parlant encore. "J'ai prévu du poulet rôti avec des asperges et du riz sauvage pour le dîner ce soir. Est-ce que cela vous convient, Katana ?"

Je lançai un regard à Nix, qui me sourit et me fit un clin d'œil. "Elle travaille pour toi aussi, Katana."

Je n'étais pas sûre d'aimer ça du tout, et je répondis : "Tout ce que vous ferez me conviendra. Continuez à faire ce que vous faites pour Nix. Je n'ai pas besoin d'un traitement de faveur."

"N'hésitez pas à me faire savoir si vous voulez quelque chose de spécial, Katana. C'est pour ça que je suis payée, après tout, pour m'occuper de vous." Elle se remit au travail tandis que Nixon m'éloignait de la cuisine.

"Laisse-moi te faire visiter." Il montra les portes vitrées. "C'est le pont. Il y a un escalier qui mène à la plage." Il avait ma main dans la sienne et me conduisit à travers le grand salon. "De l'autre côté de la cuisine se trouve une grande salle à manger que j'utilise rarement." Il montra une porte sous l'escalier. "C'est un placard où des choses sont rangées. À côté, il y a la chambre que nous laisserons comme chambre d'amis." Puis nous montâmes l'escalier, et il montra la chambre au bout du long couloir. "C'est ma chambre là-bas. La porte de gauche est celle du bébé et celle de droite est la tienne. Tu as accès à un balcon par des portes-fenêtres. Toi et moi partageons ce balcon ; ma chambre a d'autres portes-fenêtres qui mènent au même endroit."

"Cet endroit est magnifique, Nix. Je n'arrive pas à croire que j'ai le droit d'appeler ça ma maison pendant un certain temps", m'exclamai-je. Puis je pensai à la bonne que nous avions laissée dans la cuisine, et je le regardai en posant ma main sur sa poitrine. "Puisque je suis ici, je peux aider aux tâches quotidiennes. Je peux laver nos vêtements et nettoyer dans nos chambres et nos salles de bains. Si tu ne me laisses rien te payer, je veux aider dans la maison."

Il gloussa. "Pas question. Je paie quelqu'un pour faire ce travail. Tu ne voudrais pas que Mona perde son emploi rémunéré, n'est-ce pas ?" Il me tira à lui et m'ouvrit la porte de ma nouvelle chambre. "Qu'en penses-tu ? On peut la changer, comme tu veux."

"Elle est parfaite comme ça", dis-je en regardant les magnifiques meubles. Le lit, un petit bureau et les tables de chevet étaient tous en merisier. Un très grand écran plat accroché au mur me permettrait de m'allonger facilement dans mon lit et de regarder la télé, ce que je pourrais faire quand je ne regarderais pas par les fenêtres, cette vue parfaite des eaux bleues de l'océan Pacifique. "C'est plus que ce que j'imaginais."

Nix mit sa main dans sa poche et la ressortit avec ce qui semblait être une carte bancaire. "C'est pour toi. Je veux que tu achètes ce que tu veux ou ce dont tu as besoin."

Je secouai la tête en levant les mains en signe de protestation. "Nix, je ne peux pas accepter ça. J'ai mon propre argent."

Il prit ma main droite et mit la carte dans ma paume. "Tu vas la prendre. Je sais que tu as ton propre argent, mais je veux que tu aies accès à plus. Prends-la et ne dis pas non. S'il te plaît."

Je la pris, mais je n'avais aucunement l'intention de l'utiliser.

Je la posai avec mon sac de voyage et mon sac à main sur le lit. "Merci, Nix. Merci pour tout."

Il prit mes deux mains dans les siennes et les embrassa. "Merci, Katana Reeves. Je peux honnêtement dire que je ne me suis jamais senti aussi bien à la maison qu'avec toi. Toi et moi ferons un foyer heureux pour notre enfant, je peux déjà le dire."

"Quel enfant ne serait pas heureux ici ?" demandai-je en jetant à nouveau un coup d'œil dans la pièce.

"Je veux dire heureux avec nous. Toi et moi", clarifia-t-il, puis il m'embrassa et m'attira à lui Ses mains se déplacèrent sur mon dos puis sur mes fesses, me serrant contre lui. .

Je gémis et me blottis contre lui. Ce n'était pas ce à quoi je m'attendais, mais j'étais contente qu'il me veuille sexuellement. Je le voulais aussi. Mais avec le sexe, nous courions le risque que des sentiments nous empêchent de faire en sorte que ça marche pour notre bébé.

Quand il libéra mes lèvres, je demandai : "Nix, est-ce que ce que nous faisons est vraiment intelligent ? J'adore coucher avec toi, tu le sais bien. Personne ne pourrait simuler ça. Mais devrions-nous ?"

Il soupira longuement et ses yeux montrèrent de la déception. "Tu ne veux plus ?"

J'en avais envie. J'en avais vraiment envie. Mais je ne savais pas à quel point c'était intelligent de continuer à faire les choses que font les autres couples. Je me mordis la lèvre et je finis par dire : "Je ne veux pas t'imposer une relation. Faire l'amour aura des effets ; sur moi au moins. Je ne peux pas empêcher mes sentiments pour toi de se développer si nous continuons de faire ce que nous avons fait et continuons de faire."

Il me laissa et se détourna de moi en se massant le crâne. "Je te veux, Katana." Il se retourna. "Me veux-tu ?"

Je hochai la tête. "Mais je ne pense pas que ce soit la chose intelligente à faire."

"Alors plus de sexe ?"

Vraiment ?

17

NIXON

Les yeux de Katana étaient rivés au sol. Elle avait l'air d'envisager le fait de supprimer le sexe. Alors je dus intervenir. Je pris son menton dans ma main pour qu'elle me regarde. "Hé, je ne veux pas non plus empêcher quelque chose de nous arriver. Si c'est ce que tu penses, arrête. Il y a beaucoup d'alchimie entre nous. Pourquoi essayer de faire comme si ce n'était de rien était ?"

La peur dans ses yeux bleus devint évidente. "J'ai juste peur..."

J'embrassai ses lèvres rouges pulpeuses avec un baiser doux comme une plume. "Je le vois. N'aie peur de rien, Katana. Surfons sur cette vague, en faisant ce qu'on veut. Ne laissons pas la peur de ce qui pourrait arriver nous empêcher d'être heureux avec ce que nous avons maintenant."

"Qui est quoi exactement ?" demanda-t-elle avant de poser ses avant-bras sur mes épaules. "Je veux dire, qu'est-ce qu'on est, Nix ?"

"Deux personnes qui sont extrêmement attirées l'une par l'autre, mais qui font les choses à l'envers. Nous allons avoir un bébé tout en apprenant à nous connaître et à voir ce que l'avenir nous réserve." Je l'embrassai à nouveau, avec beaucoup de douceur.

Quand nos lèvres se séparèrent, j'adorai le sourire qui grandissait sur son visage. "D'accord. Je pense que je peux faire avec." Ses longs cils foncés battaient, tandis qu'elle rougissait un peu. "J'ai encore une chose à te demander."

"Vas-y", dis-je, puis j'embrassai le bout de son adorable nez. "Si on a une fille, j'espère qu'elle aura ce petit nez relevé adorable, comme toi."

Elle gloussa, mais continua à rougir : "Tu es si gentil, Nix. Enceinte de toi, je... je n'ai pas l'intention d'être avec d'autres hommes." Elle me regarda et je vis de l'inquiétude dans ses yeux. "Et toi ?"

"Moi non plus, mais je n'ai jamais été avec un homme." Je gloussai et elle me frappa légèrement la poitrine.

"Tu vois ce que je veux dire", dit-elle avec un air renfrogné sur son joli visage. "Tu vas arrêter de voir d'autres femmes ?"

Oh là là, les choses sont devenues bien réelles, n'est-ce pas ?

Est-ce que j'allais arrêter de voir d'autres femmes ? Étais-je prêt à faire ça ? Je ne connaissais même pas très bien Katana. Et s'il y avait des choses chez elle qui ne me plaisaient pas ?

Elle pouvait avoir de mauvaises habitudes que je n'aimerais pas. Je veux dire, qui savait si on allait s'entendre ou pas ?

Mais en la regardant dans les yeux, je me suis dit que je devais renoncer à voir d'autres femmes jusqu'à ce que je sois certain qu'elle et moi n'étions pas compatibles. "Je pense que je peux me satisfaire de toi seule. Nous n'avons pas besoin de graver cet accord dans le marbre. Nous avons beaucoup à apprendre l'un de l'autre avant de décider si nous voulons aller plus loin ou non. Mais pour l'instant, oui, je resterai loin des autres femmes, et tu resteras loin des autres hommes."

Elle laissa échapper un grand soupir. "Bien."

Puis elle m'embrassa, et nous profitâmes de ce bonheur d'être ensemble. C'était une chose très naturelle pour moi d'être avec elle. Mais alors que nous continuions à nous embrasser et que ma queue durcissait, j'entendis son ventre grogner et j'arrêtai de l'embrasser – si je ne m'arrêtais pas maintenant, je savais que cela nous mènerait au lit. "Tu as faim."

"Pas au point de devoir nous arrêter là où nous allions", protesta-t-elle.

Je n'y croyais pas. Je pris sa main dans la mienne, la conduisant hors de la chambre. "Je vais te chercher quelque chose à manger. Mona te préparera un sandwich pour que tu tiennes jusqu'à ce que le dîner soit prêt."

Elle restait à la traîne en se plaignant : "Vraiment Nix, je peux attendre le dîner. Je n'ai pas si faim que ça. Mon ventre commence tout juste à grogner, je n'ai aucune idée pourquoi."

Je ne pus réprimer un rire. Était-elle vraiment si ignorante ? "Bébé, tu as un petit humain qui grandit en toi. Tu dois manger beaucoup plus pour que notre enfant soit en bonne santé."

En l'emmenant directement dans la cuisine, je ne vis Mona nulle part et je me dis qu'elle devait faire quelque chose ailleurs. Alors je fis asseoir Katana et j'allai au frigo pour lui faire un sandwich moi-même. "Jambon ?", demandai-je.

"Je déteste le jambon. Tu as de la dinde ?", demanda-t-elle, puis elle essaya de se lever. "Je peux faire mon propre sandwich, Nix."

Je me retournai et plaçai mes mains sur ses épaules. "Je m'en occupe. Alors, dinde et fromage suisse ?", demandai-je, en trouvant du fromage suisse tranché dans un tiroir.

"Super. Merci", dit-elle, puis elle sortit son portable pour regarder ses réseaux sociaux alors que je me mettais à cuisiner.

Un bip du système d'alarme m'avertit qu'il était de nouveau désactivé et mon estomac se serra. Je savais qu'il n'y avait que quatre personnes qui avaient le code de mon système, et trois d'entre elles étaient déjà dans la maison.

"Ça doit être Shanna", dis-je à Katana, voyant ses yeux s'arrondir.

"Shanna ? Qui est-ce ?", demanda-t-elle.

Shanna entra dans la cuisine avant que je puisse lui répondre. Et elle n'attendit pas une seconde que je fasse les présentations. "Je suis Shanna, la meilleure amie de Nixon. Tu dois être la femme qui dit qu'elle est enceinte de lui."

Katana se leva et tendit la main dans un geste poli, mais Shanna ne la prit pas. "Je suis Katana Reeves. C'est un plaisir de te rencontrer,

Shanna." Shanna regarda la main de Katana pendant quelques secondes, Katana la retira et s'assit.

Shanna fit de même et s'assit en face d'elle à la petite table. Je détestai la façon dont elle regardait Katana droit dans les yeux et intervins en plaçant l'assiette avec le sandwich et des chips devant Katana. "Je pense que du lait serait mieux pour toi." Je me retournai pour prendre un verre mais je me demandai soudain si elle avait des allergies. Je me tournai en plaçant ma main sur son épaule : "Attends, es-tu intolérante au lactose, ou as-tu des allergies que je devrais connaître ?"

"Non, je ne suis allergique à rien autant que je sache, et je peux manger des produits laitiers. Merci, Nix", dit Katana, puis elle mordit dans son sandwich tandis que Shanna la regardait fixement. Je devais reconnaître que Katana ne semblait pas du tout intimidée par Shanna.

Mais je me souvins que Katana avait été dans un orphelinat, puis dans une famille d'accueil. Elle avait probablement dû apprendre très tôt à gérer les cons – ce qu'était ma meilleure amie à ce moment-là.

Après avoir posé le verre de lait sur la table, je m'assis, tirant ma chaise plutôt du côté de Katana que de celui de Shanna. "Qu'est-ce qui t'amène ici, Shanna ?"

"Je voulais la rencontrer, bien sûr", me répondit-elle. "Bon, c'est quoi votre histoire ?"

"Qu'est-ce que tu veux dire ?" demanda Katana en s'essuyant la bouche avec la serviette que je lui avais donnée.

"Je veux dire, tu crois que tu vas venir ici et contrôler la vie de mon meilleur ami ?" Shanna tapa du pied par terre en essayant d'intimider Katana du regard.

J'en eus assez. "Shanna, arrête."

Les sourcils clairs de Shanna se levèrent et elle eut l'air consterné. "Nixon, quelqu'un doit veiller sur toi. Je ne vais pas laisser une salope qui veut de l'argent..."

Je me levai et je la pris par le bras. "Je ne te laisserai pas parler comme ça dans ma maison, Shanna." Je la secouai et la tirai vers la porte.

Mais Katana m'arrêta. "C'est bon, Nix. Elle peut me demander ce qu'elle veut. Elle s'inquiète juste pour toi. C'est pour ça qu'elle est énervéelà, je comprends. S'il te plaît, laisse-la se rasseoir, et elle et moi pourrons faire connaissance. Si c'est ta meilleure amie, alors elle est très importante pour toi, et le sera aussi pour notre bébé."

Je lâchai le bras de Shanna et j'agitai mon doigt devant son visage. "Tu te calmes un peu. T'as de la chance qu'elle soit gentille, Shanna, sinon je ne t'aurais pas lâchée. Sois gentille. C'est la mère de mon enfant. Mon sang. Et tu sais comment je suis au sujet du sang. Il a la priorité sur tout le monde. Ne m'oblige pas à te virer de ma vie."

Shanna devint pâle. Je suppose qu'elle n'avait jamais imaginé que je lui ferais une chose pareille. "Nixon ?"

Je hochai la tête et je me rassis. "Je suis très sérieux. Maintenant, sois gentille."

Shanna s'assit et s'excusa. "On dirait qu'il a un instinct de protection pour toi, Katana. Je suis désolée. Je connais cet homme depuis notre enfance. Lui et moi étions dans les mêmes classes tout au long de nos années d'école. J'habitais à trois pâtés de maison de la sienne, et nous avons fait le chemin de l'école ensemble tous les jours pendant treize ans. Il a tabassé mes petits copains idiots quand ils m'avaient fait du mal, et il m'a aussi laissé pleurer sur son épaule à cause eux. C'est un homme exceptionnel, et je considère que je suis chanceuse de pouvoir l'appeler mon ami, et encore plus mon meilleur ami."

Katana finit son sandwich et but une longue gorgée de son verre de lait avant de dire quoi que ce soit d'autre. "Désolée, je n'avais pas réalisé à quel point j'avais faim jusqu'à ce que je prenne cette première bouchée." Elle me tapota la jambe sous la table. "Merci, chéri." Puis elle se tourna vers Shanna. "Je pense que c'est admirable de ta part de vouloir prendre soin de Nix. Il a de la chance d'avoir une amie comme toi qui se fait autant de soucis pour lui. J'aimerais mettre les choses au clair. Je ne suis pas une salope qui ne veut que de l'argent."

"Elle a raison", ajoutai-je, "Je te l'ai déjà dit."

Katana me sourit et me passa la main sur ma joue barbue. "Oh, tu m'as défendue tout à l'heure ? C'est si gentil de ta part."

"Oui, c'est un vrai amour", dit Shanna puis elle secoua la tête. "Non. Du moins, pas d'habitude." Elle me regarda en plissant les yeux, comme si elle essayait de résoudre un puzzle. "Je ne t'ai jamais vu faire quoi que ce soit pour qui que ce soit de toute ma vie, Nixon. Et je ne l'ai jamais vu regarder quelqu'un d'autre comme il te regarde, Katana. Mais je veux vous prévenir tous les deux : vous ne vous connaissez pas. Faites de votre mieux pour ne pas vous précipiter plus que vous ne l'avez déjà fait."

Mais j'avais l'impression que la vie allait à un rythme effréné pour nous – et au pas de course.

18

KATANA

près plusieurs jours, je commençai à me sentir un peu plus chez moi. Nix et moi avions choisi un obstétricien et pris rendez-vous en fin d'après-midi. Les nerfs prenaient le dessus, et je finis par vomir trois fois avant qu'il arrive à trois heures pour venir me chercher.

Tenant ma main sur la console entre les sièges, son pouce caressait le dessus de ma main. "Tu es jolie dans cette robe rose." Il prit ma main et l'embrassa. "Est-ce que ça veut dire que tu espères une fille ?"

Je secouai la tête. "J'espère avoir un bébé en bonne santé – je m'en fiche du sexe." Je regardai par la fenêtre. " De toute façon, je ne sais m'occuper ni de l'un, ni de l'autre."

Nix me dit qu'il voulait attendre d'être sûr que je n'aie pas fait de fausse couche avant de parler de notre situation à sa famille, mais une fois que nous aurions dépassé le délai critique de trois mois, il leur dirait tout.

"Tu sais, je t'avais dit que ma mère t'aiderait pour tout ça. Je ne veux pas que tu t'inquiètes – tu vas être une mère géniale. J'en suis sûr." Il m'embrassa encore la main, et je ne pus m'empêcher de sourire.

Je ne sais pas comment il faisait pour que je me sente beaucoup mieux rien qu'en étant avec lui, mais il y arrivait. "Je sais que tu seras un excellent père."

"Je vais essayer." Il gloussa. "J'ai dû mentir à ma mère il y a quelque temps."

"Pourquoi ?" demandai-je, surpris qu'il doive mentir sur quoi que ce soit.

"Elle voulait que je vienne pour Noël, et je lui ai dit que j'avais prévu quelque chose avec mes associés pour ce jour-là, donc je ne pouvais pas venir cette année." Il secoua la tête. "Je ne mens pas souvent. C'était pas naturel de le faire, mais je ne veux pas me précipiter, avec nos nouvelles."

Penser à perdre le bébé me fit me retourner l'estomac, et j'avalai la salive qui était devenue soudainement très abondante. Je vis un feu rouge devant moi et je priai pour qu'il y arrive avant que je doive ouvrir la porte et tout vider. Je ne pouvais rien dire, sûre de vomir partout dans sa voiture de luxe.

Quand Nix s'arrêta au feu, j'ouvris la porte et je laissai tout sortir. "Bébé ?", cria-t-il.

Il ne me fallut pas longtemps pour expulser le peu qui restait dans mon estomac, et je refermai la porte et j'appuyai ma tête sur l'appuie-tête quand j'eus fini. "Mon Dieu, je déteste ça."

Il me tendit un mouchoir en papier en secouant la tête. "Merde, je déteste ça pour toi."

Le temps que nous arrivions au cabinet du médecin, les papillons dans mon ventre s'étaient transformés en ptérodactyles, et je devais m'accrocher à Nix pour me soutenir. Je ne m'étais jamais vraiment appuyée sur quelqu'un de ma vie. C'était étrange – et même un peu dangereux – mais je ne pus m'en empêcher.

La salle d'attente était remplie de femmes enceintes à différents stades de la grossesse. Quelques jeunes enfants jouaient avec des jouets dans un coin, et je ne remarquai que quelques pères avec les femmes. Je serrai le bras de Nix, que j'enroulais du mien. "Merci, Nix."

"Pour ?" me demanda-t-il en me souriant.

"Être ici avec moi. Pour moi." J'embrassai sa joue. "Tu es mon roc."

Il embrassa la mienne en retour. "Oui c'est vrai. Et je ne manquerais ça pour rien au monde."

Quand on m'appela, on s'est levés. Il enroula son bras autour de moi, me soutenant, et je savais qu'il pouvait sentir mon corps trembler. "J'ai tellement peur."

"Aucune raison de l'être. Il ne va rien arriver de mal. Allez, courage. Pour notre bébé, courage." Il m'embrassa la joue une fois de plus et nous entrâmes.

Le médecin était un homme d'une cinquantaine d'années. Il nous dépassa dans le couloir et s'arrêta pour se présenter. "Vous êtes nouveaux." Il tendit la main et nous la serrâmes tour à tour. "Je suis le docteur Sheffield."

Nix prit les devants. "Je suis Nixon Slaughter, et voici Katana Reeves."

"Enchanté de vous rencontrer tous les deux. Vous allez vous entretenir avec les infirmières, et je viendrai vous voir ensuite." Il s'éloigna, nous laissant suivre l'infirmière une fois de plus.

"Il avait l'air gentil", dis-je, et je me sentis un peu mieux.

"Je suis sûr qu'il est très gentil. Et il a beaucoup de bons retours. Je pense qu'on a choisi l'homme qu'il fallait pour ce boulot, bébé." Il me fit un sourire confiant, et je lui souris en retour.

Après une heure où on me pesa, mesura, on prit mon sang et mes urines, on me remit une robe en papier et on nous envoya Nix et moi dans une autre pièce pour attendre le médecin.

Je me déshabillai derrière un petit paravent tandis que Nix regardait les affiches sur les murs, qui représentaient les étapes du développement d'un fœtus. "Voyons voir", dit-il alors que je me changeais, "nous sommes aujourd'hui le 12 décembre, ce qui signifie que nous sommes à six semaines. Ça veut dire qu'on devrait pouvoir entendre les battements du cœur du bébé, d'après ce tableau."

Je sortis de derrière le paravent en portant la robe de papier peu flatteuse et je regardai la table sur laquelle je devais grimper. Puis je sentis des mains sur ma taille, me faisant tourner. Nix me souleva et me mit sur la table. "Merci." Je ne pus m'empêcher de sourire. Cet homme était tout simplement parfait.

"Tu es adorable. Je peux te prendre en photo ? Je te jure que je ne la posterai pas sur les réseaux ; je veux juste garder des souvenirs de tout." Il sortit son portable de la poche de sa veste et inclinait sa tête en attendant mon approbation.

"Tu jures de me faire en sorte que je sois belle dans ce truc idiot ?", demandai-je.

Il hocha la tête. "Tu ressembleras à une pin-up, je te jure."

Avec un signe de tête, je lui donnai mon approbation et il se mit à prendre des tonnes de photos et des selfies avec moi aussi. Il me fit rire et me sentir beaucoup moins nerveuse en un rien de temps.

Quand le docteur Sheffield arriva, il avait un large sourire sur le visage. Il passa sa main dans ses cheveux poivre et sel en venant vers nous. "Content de vous voir vous amuser. C'est bien de voir des gens célébrer l'arrivée d'une nouvelle vie dans le monde." Il ouvrit le dossier avec toutes mes informations et le regarda. "Il est dit ici que vous êtes certains de la date de conception et que certaines personnes ont dû s'amuser à Halloween." Il nous sourit d'un air entendu.

"Oui, c'est vrai", confirma Nixon. "Quand allons-nous voir le visage de notre petit bébé, doc ?"

"Si tout se passe bien, vous verrez votre bébé le vingt-quatre juillet. Qu'en dites-vous ?" Le médecin se dirigea vers le bureau pour prendre une paire de gants.

Mon cœur se mit à battre à tout rompre. Je savais ce que les gants signifiaient et je n'étais pas très enthousiaste à l'idée que Nix soit là pendant que le médecin me touchait. Mais il fallait que je m'y habitue. Nix semblait déterminé à faire partie de chaque moment de la grossesse – autant qu'il le pouvait, du moins.

Je dus avoir un air effrayé quand le docteur vint vers nous et me fit m'allonger. Nix prit place à ma droite, me tenant la main et me souriant de façon rassurante. "Tout ira bien, bébé."

Je hochai la tête mais je ne me sentis pas très à l'aise quand le médecin plaça mes pieds dans les étriers. Puis il poussa quelque chose de froid en moi en me disant : "On va juste faire un petit frottis, puis je vais faire une échographie transvaginale et voir si on peut entendre un battement de cœur."

Tout mon corps se crispa lorsqu'il ouvrit le spéculum, pour qu'il puisse faire le test. "Aïe", pleurai-je parce que ça me pinçait.

"Presque fini, Katana", m'assura le docteur.

Quand je regardai Nix, je vis qu'il ne respirait même pas en regardant le haut de la tête du médecin. Il était tout aussi nerveux. Il n'en dit jamais rien, mais je pouvais lire son langage corporel. Pendant ce temps, sa seule mission semblait être de faire de son mieux pour me calmer.

J'avais la chance d'avoir le meilleur papa du monde entier. Je n'avais aucune idée de ce que j'avais fait pour mériter tout ça. Mais je lui étais très reconnaissante. Je lui serrai la main et il me regarda. "Merci encore d'être là pour moi."

Il hocha la tête. "Merci encore de m'avoir inclus." Il se pencha et m'embrassa le front.

Le médecin termina la procédure inconfortable puis il introduit autre chose à l'intérieur de moi avant d'actionner un interrupteur sur le petit écran à sa gauche. Nous pouvions aussi voir l'écran, mais je n'avais aucune idée de ce que nous avions devant nous.

Il déplaça l'appareil à l'intérieur de moi en cherchant notre bébé. "C'est parti." Il nous sourit en nous montrant une petite sphère à l'écran. La sphère palpita lorsque le médecin monta le son, et il y eut le bruit d'un petit battement de cœur.

Une larme tomba, et je suffoquai. Nix me serra la main et me regarda. "Et voilà. Notre bébé, Katana."

Mon cœur se remplit d'amour. L'amour pour la petite sphère et l'amour pour Nixon Slaughter.

Que Dieu me vienne en aide, comment peut-on tomber amoureux aussi rapidement ?

19

NIXON

Quelques jours s'étaient écoulés depuis que nous étions allés chez le médecin. Je déjeunais avec August alors que notre autre partenaire, Gannon, était occupé avec d'autres choses ce jour-là. Je pensais bien qu'un enfant de deux ans pouvait prendre beaucoup de temps, mais je pariais que c'était en fait la jeune baby-sitter sexy qui occupait Gannon Forester ces jours-ci.

Je m'étais juré de parler le moins possible de la grossesse, mais là, je ne pus m'en empêcher. "Alors moi aussi, je vais être un peu occupé jusqu'à la fin juillet." Je mis un morceau de steak au poivre dans ma bouche en attendant qu'August me demande pourquoi.

"Ça en fait du temps libre, Nixon. Tu as une autre affaire en cours ou quelque chose comme ça ?" me demanda-t-il, puis il prit un long verre de son thé glacé.

"Tu te souviens quand j'ai quitté la ville pour Halloween ?" Je passai ma main dans ma barbe, me rappelant comment cette nuit-là avait marqué ma décision de la laisser pousser. J'aurais bientôt un souvenir beaucoup plus permanent de cette nuit fatidique.

"Ouais, je me souviens que tu nous as lâchés cette nuit-là. Et donc ?" Il arrêta de manger, m'accordant toute son attention. "Tu as l'air différent, Nixon."

"Ah ouais ?", demandai-je. "Comment ça ?"

Il haussa les épaules. "Je n'en suis pas vraiment sûr. Tu as juste l'air un peu différent. Un peu plus heureux ou quelque chose comme ça. Tu dois dormir plus que d'habitude. Tu as l'air en bonne santé."

Je dormais moins que d'habitude ces derniers temps, car Katana et moi passions au moins deux heures par nuit, depuis qu'elle avait emménagé, dans une activité sexuelle époustouflante. Sa chambre à coucher n'était qu'un lieu de rangement pour ses vêtements. Mais je mangeais mieux – je passais plus de temps à la maison avec Katana à manger les aliments sains que Mona nous préparaient au lieu de manger tout le temps au restaurant.

"Alors, ce qui m'occupera tant d'ici fin juillet en fait, c'est un bébé." Je m'arrêtai, attendant sa réaction, content de mon effet.

August cligna des yeux plusieurs fois. "Tu es en train de voir quelqu'un sérieusement et tu l'as laissée de côté dans nos conversations ?"

"Eh bien, plus maintenant ", gloussai-je. "La femme que j'ai rencontrée à Halloween est enceinte et c'est le mien. Quand elle m'a appelé pour me dire qu'elle avait fait un test positif, je l'ai installée chez moi."

Étant lui-même un homme riche, August était prudent à propos des femmes. "Attends. Cette femme, tu l'as fait examiner ? Tu ne peux pas être sûr que le bébé est le tien, pas avant qu'il soit né et que n'aies fait un test de paternité. Tu ne penses pas que la faire emménager avec toi, c'est un sacré bond en avant, tu crois pas ?" Il secoua la tête. "Ce n'est pas ton genre de faire quelque chose d'irréfléchi comme ça."

"Non, c'est vrai." Je gigotai sur mon siège, parce que je n'arrivais jamais à m'asseoir correctement quand quelqu'un pensait que je faisais une erreur. "Et je ferai faire le test après la naissance du bébé. Mais je ne veux rien rater si c'est le mien. Et je pense vraiment que c'est le mien. Cette femme ne m'a donné aucune raison de croire qu'elle est une menteuse."

"Et que fait cette femme dans la vie ?", demanda August en mettant les mains derrière la tête et en se penchant en arrière, comme s'il était mon psy en train de se préparer pour une longue séance.

"C'est une conceptrice de couvertures de livres. Elle est free-lance et travaille à domicile." Je lui fis un clin d'œil. "Plutôt cool, non ?"

Il sourit finalement et se remit droit. "Dieu merci. J'étais presque sûr que tu allais me dire que c'était une strip-teaseuse."

"Merde, August !", je ris, et lui aussi.

"Je vais devoir vous la présenter bientôt. Tu verras, elle est franche. Et je dois admettre que je commence à tomber amoureux d'elle." Je mis ma main dans ma poche et je baissai les yeux. "Elle me fait beaucoup réfléchir."

"Oh oh." August secoua la tête.

Pourquoi est-ce que ça génèrerait un "oh oh" ?

"Tu veux ajouter quelque chose, August ?", lui demandai-je, en prenant mon thé glacé et buvant une gorgée.

"Tu ne ferais rien de stupide, n'est-ce pas ?" demanda-t-il, puis il tapota le dessus de la table avec son doigt. "Comme l'épouser sur un coup de tête, sans avoir de contrat de mariage, n'est-ce pas ?"

"Un contrat de mariage ?" demandai-je, puis je secouai la tête. "Pourquoi en aurais-je besoin d'un ? Je ne crois pas au divorce. Mes parents m'ont bien élevé, August."

"Oui, mais les siens ?" Il me fit un clin d'œil et me fit signe avec son doigt. "Tu n'es pas le seul à pouvoir demander le divorce, Nixon. Elle pourrait aussi. Et elle pourrait te prendre la moitié de tout ce que tu as."

Sa question sur son éducation leva un drapeau rouge dans mon cerveau. "Elle a été élevée en famille d'accueil. Elle ne savait pas que son père et sa mère l'avaient abandonnée."

"Merde", murmura-t-il. "Ça a dû être une vie terrible. Je suis de tout cœur avec elle, la pauvre. Cela dit, il vous faut vraiment un contrat de mariage. Elle est ce que j'aime appeler un joker. Tu n'as aucune idée de ce qu'elle pourrait devenir. Lorsque tu connais la famille d'une personne, tu peux te faire une idée approximative de ce qu'elle est et de ce qu'elle sera plus tard dans la vie. Tu connais le dicton, regarde sa mère pour voir comment elle sera dans vingt ans, n'est-ce pas ?"

"Et sa mère est une crapule", marmonnai-je. Cette pensée n'était pas agréable, pas plus que l'idée de Katana dans ma tête qui se transformait en sa mère absente. "Merde."

"Ecoute, ne te précipite pas dans quoi que ce soit. Ce n'est pas parce qu'elle est enceinte que c'est une raison pour aller plus vite qu'avec n'importe qui d'autre." Il fit signe au serveur. "L'addition s'il vous plait ?"

Le serveur lui fit un signe de tête et s'en alla.

Les paroles d'August me frappèrent comme un coup de poing dans le ventre. Comment avais-je pu oublier le passé horrible de Katana ?

Quelque chose comme ça devait vraiment foutre en l'air la tête d'une personne. Et Katana avait une certaine vulnérabilité à ce sujet. Parfois, la vulnérabilité peut conduire à la faiblesse, et cela peut conduire à des tendances autodestructrices. C'est le genre de choses qui peut mettre fin aux relations.

J'allais peut-être trop vite. Je voulais trop rendre les choses permanentes beaucoup trop rapidement.

Mais même en y pensant, mon cœur battait plus fort, comme s'il essayait de pomper plus de sang dans mon cerveau. Cela me rappelait comment mon pouls avait battu quand j'avais regardé dans ses jolis yeux, alors que nous écoutions les premiers sons de notre bébé. C'était réel.

Tous les "si" eux, ne l'étaient pas.

Il pourrait y avoir un milliard de "si". Et si elle devenait comme sa mère ? Et si elle se transformait en une personne autodestructrice, déterminée à me ruiner ? Il n'y avait pas de fin.

Mais alors je commençai à penser à mes propres "si". Et si je ne m'étais jamais engagé envers elle ? Et si je la perdais au profit d'un autre homme qui lui donnerait la stabilité dont je savais qu'elle avait eu envie toute sa vie ? Et si je l'avais perdue parce que je m'inquiétais trop deS "si ?"

Mes pensées me consumaient pendant qu'August payait l'addition. Il interrompit mon combat intérieur en me demandant : "Que dirais-tu d'un vendredi ? Tu sors toujours ?"

Je secouai la tête. "Non. Ce n'est pas la peine. J'ai promis à Katana que je ne verrais personne d'autre."

Ses yeux s'ouvrirent sous l'effet du choc. "Putain ! Tu te fous de moi, mec ? Tu lui as déjà fait cette promesse ? Tu connais à peine cette nana, Nixon. Merde, elle fait du vaudou sur toi ou quoi ? Ça ne te ressemble pas du tout."

"Elle est enceinte de mon enfant", lui dis-je, voulant qu'il comprenne ce que je faisais. "Elle m'a dit qu'elle ne verrait personne et je lui ai dit la même chose. Je lui ai aussi dit que ce n'était pas quelque chose de gravé dans la pierre."

"Encore une fois, tu prends des décisions assez importantes, en supposant que ce bébé soit le tien", souligna-t-il et nous nous levâmes pour nous diriger vers la porte. "Et moi ?"

Le portier ouvrit la porte, nous laissant sortir dans la fraîcheur de l'après-midi. Une légère brise agita mes cheveux, et j'y passai ma main. "Et toi, quoi ?", demandai-je.

"Je ne veux pas sortir seul. Gannon a déjà appelé, et il nous laisse tomber. Et maintenant, toi aussi ?" Il secoua la tête alors que nous nous dirigions vers nos voitures. "Nous avons une boîte de nuit à monter. C'est l'une des principales raisons pour lesquelles nous sortons en ville le vendredi soir, si tu te souviens bien. Pour avoir des idées sur ce que les gens aiment, sur ce qu'ils fréquentent."

Nous nous arrêtâmes à sa BMW, et il fallait que je lui dise ce à quoi je pensais depuis un certain temps de toute façon. "Nous ne faisons pas un club pour les gens ordinaires. On en fait un pour les super riches. Et cela signifie que notre clientèle n'aura pas les mêmes désirs que les gens qui vont dans les clubs qui sont déjà là. Nos clients seront à la recherche de sophistication, de style et de façons de côtoyer d'autres personnes qui ont de l'argent et qui peuvent les aider à développer davantage leurs projets."

Tout ce qu'il pouvait faire, c'était hocher la tête. Mais il fronçait toujours les sourcils. "Je suppose que tu as raison."

"Quand on a fait ce grand projet, on était tous célibataires et

libres. Et on cherchait tous à passer du bon temps. Eh bien, maintenant, je passe du bon temps à la maison. Et bien que Gannon n'ait
pas encore dit la vérité, ses bons moments se passent aussi à la
maison. Ces jours de boîte de nuit sont très probablement du passé
pour nous deux." Je vis l'expression d'August s'assombrir. "J'espère
que ça ne te contrarie pas, mec."

En secouant la tête, il ouvrit la porte du côté du conducteur et me
regarda : "Vous êtes en train de grandir sans moi."

Je suppose que oui. Et il était temps !

20

KATANA

L'après-midi, une brise fraîche et légère soufflait de l'océan, apportant avec elle un parfum merveilleux. Je m'assis sur le pont pour prendre un peu de vitamine D au soleil et profiter de cette magnifique journée.

Nix avait un déjeuner avec l'un de ses associés, et il avait dit qu'il serait à la maison après ça. J'adorais le fait que quelqu'un rentre à la maison tous les jours. C'était si différent de ma vie d'avant.

Un homme s'éclaircit la gorge, détourna mon attention de mes pensées, et je baissai mes lunettes de soleil pour voir qui c'était. Un homme, grand, se tenait dans l'escalier et me regardait. "Bonjour. Vous êtes nouvelle dans ce quartier." Il fit un geste vers le pont. "Puis-je ?"

"Bien sûr," dis-je, en m'asseyant et en m'assurant que ma robe était bien mise. Je m'étais allongée et je n'avais aucune idée dans quel état j'étais. "Je m'appelle Katana Reeves."

Il vint me serrer la main. "John Simmons. J'habite à côté. Vous êtes de la famille de Nixon ?"

"Non, non." Je ne savais pas ce que je devais lui dire.

"Ah d'accord." Il montra du doigt l'autre chaise. "Vous permettez ?"

"Oui bien sûr, je vous en prie." Je montrai la bouteille d'eau non ouverte sur la petite table entre nous. "Vous avez soif ?"

Il secoua la tête. "Non merci. Alors, d'où venez-vous, Katana Reeves ?"

"Portland", lui dis-je. "Mais maintenant je vis ici."

Il hocha la tête et courut à travers ses épais cheveux ondulés et foncés. "Et pourquoi ça ?"

Il me semblait un peu trop curieux, mais je supposais que les voisins aimaient savoir qui étaient leurs voisins. "Si vous voulez tout savoir, je suis enceinte de Nixon."

"Oh !" dit-il en levant les sourcils. "Ça, c'est une bonne nouvelle."

"Vous êtes journaliste ?", plaisantais-je avec lui.

"Non", dit-il en riant. "Juste un vieux fouineur qui s'ennuie un peu."

"Vous n'êtes pas vieux", lui dis-je en le regardant. Il n'était pas super jeune, mais il n'était pas vieux non plus.

"Quel âge vous me donnez ?" demanda-t-il en souriant. "Et ne mentez pas. Je veux vraiment savoir quel âge j'ai, selon vous."

"Quarante", dis-je sans trop réfléchir.

Il hocha la tête. "Quarante-deux. Mais je me sens beaucoup plus vieux que ça. Je suppose qu'un divorce fait ça aux gens."

"Je suis désolé d'entendre ça. Il y a combien de temps ?" Un petit coup de couteau dans le cœur m'avait incitée à demander.

"Cela fait presque un an qu'il a été prononcé. Mais il a fallu deux ans pour que ce truc terrible soit finalisé." Il passa sa main sur ses sourcils. "J'ai attendu trop longtemps pour quitter ma femme. Je suis resté pour nos deux enfants. J'ai passé vingt ans avec une femme qui m'aimait, pensais-je. Il y a six ans, je l'ai surprise en train de me tromper, et j'ai découvert qu'elle le faisait depuis le début. J'ai même dû faire tester mes enfants pour m'assurer qu'ils étaient bien les miens. Les résultats sont sortis positifs alors je suis resté. Je suis resté et je suis resté jusqu'à ce que notre plus jeune ait le bac et déménage à l'université. Puis je suis parti, et cette femme qui m'avait fait tant de mal a essayé de m'en faire encore plus. Elle voulait la moitié de tout. Il m'a donc fallu beaucoup de temps pour finaliser le divorce – mon avocate a dû se battre contre la sienne juste pour que je ne perde qu'un quart de ce que j'avais, au lieu de la moitié."

"Ça a l'air affreux", dis-je en secouant la tête.

"Ça l'a été." Il hocha la tête. Puis il baissa ses lunettes de soleil et me jeta un regard par-dessus. "Alors toi et Nixon, vous vous connaissiez depuis longtemps avant que ça arrive ?"

Je sentis l'embarras me chauffer les joues. "Non. Pas du tout."

Il fit claquer sa langue et secoua la tête. "Merde."

"Ouais, eh bien, c'est comme ça." Je ne savais pas quoi dire d'autre.

"Et votre plan, c'est quoi, exactement ?" demanda-t-il en remettant ses lunettes de soleil sur son nez.

"Vivre ensemble, avoir le bébé et laisser la vie nous emmener où elle nous mène." Je soupirais, sachant que c'était un plan inconsistant.

"Oh, un de ces plans. OK." Il rit et se tapa la cuisse recouverte d'un jean. "Je ne vous envie pas, je peux vous le dire."

Même si la remarque brutale de l'homme m'avait légèrement offensée, je me retrouvai en train de demander : "Et pourquoi cela, exactement, John ?"

"Ma femme et moi avions un plan, et pourtant, ça n'a pas arrangé les choses pour nous." Il soupira, et je pouvais sentir sa tristesse à propos de la tournure de son mariage. "Nous avons commencé notre mariage par amour, pas seulement parce qu'elle était enceinte. Les chances sont contre vous deux."

"Je ne suis pas inquiète concernant une quelconque relation entre Nix et moi. Ce qui m'inquiète le plus, c'est la façon dont nous affecterons notre enfant. C'est tout ce qui compte vraiment. Je crois que Nix et moi pensons d'abord à l'intérêt du bébé." Je me penchai en arrière, contente de ce que j'avais dit.

John rit encore. "Oh, ma chère !"

Oh, ma chère ?

Je secouai la tête. "Qu'est-ce que ça veut dire ?"

"Ça veut dire que vous vivez dans un monde imaginaire. C'est ça que ça veut dire." Il me sourit comme si ce qu'il disait devait me faire me sentir mieux, ce qui n'était pas le cas. Et j'étais sûre de tout – avant qu'il n'arrive. Surtout depuis le rendez-vous chez le médecin et ce moment spécial que Nix et moi avions partagé, où j'avais senti mon cœur s'ouvrir à lui.

Bien sûr, je n'étais pas allée jusqu'à informer Nix de ce petit miracle, mais je le ferai. Un jour. Le temps devait passer, sinon il allait croire qu'il était beaucoup trop tôt pour lui dire que je l'aime. Et il ne fallait pas. Alors je le garderais pour moi, pour l'instant.

Mais ce type, ce quasi étranger venait de me dire que je vivais dans un monde imaginaire, et il n'en connaissait même pas la moitié. Alors je l'éclairai. "Je ne crois pas vivre dans un fantasme. Ce n'est pas tout à fait vrai. Vous voyez cet endroit, cette maison, l'homme qui rentre à la maison chaque jour – maintenant, c'est bien irréel. Et je n'ai jamais vécu auparavant. Je n'avais pas prévu que tout cela se produise, ni que les choses se mettent en place si facilement et c'est un cadeau. Nix est un cadeau."

John sourit. "Ça, c'est un sentiment plutôt doux. Alors, vous l'aimez beaucoup, ce type ?"

Je hochai la tête. "Je l'aime." Je n'arrivais pas à croire que je venais d'avouer quelque chose d'aussi énorme à cet homme, un homme que je ne connaissais ni d'Ève, ni d'Adam. "Et je pense qu'il finira par m'aimer. Je pense que lui et moi pouvons faire une famille fantastique ensemble."

Les sourcils de John se soulevèrent immédiatement. "Oh ? Puisque vous êtes de Portland, je pense que vous n'en savez pas beaucoup sur l'homme avec qui vous vivez."

"Pas grand-chose sur son passé. Mais j'apprends à le connaître de plus en plus au fil des jours – et c'est un homme bon. Un homme que je respecte énormément." Je pris la bouteille d'eau et en bus, car mes paroles passionnées m'avaient asséché la bouche.

Un claquement de langue me dit que John voulait me dire quelque chose. "Eh bien, sachez que cet homme a l'œil pour les belles femmes. Et il n'en a jamais gardé une seule longtemps. Étant son voisin, je peux vous dire pourquoi. Voudriez-vous savoir ?"

Je le voulais et ne le voulais pas en même temps. Qu'importe s'il avait été avec d'autres femmes dans le passé. Mais cette satanée curio-

sité a pointé le bout de son vilain nez et utilisa ma bouche pour dire :
"Oui, j'aimerais bien savoir pourquoi. Je suppose que c'est parce que
vous pensez que c'est parce qu'il flirte beaucoup."

Quand John secoua la tête, je dus admettre que je fus surprise.
"Non, non. Je veux dire, oui, il a été avec un sacré paquet de femmes,
mais je ne pense pas que ce soit nécessairement par choix. Vous
voyez, Nixon Slaughter est facilement distrait, et pas par d'autres
femmes, mais par les affaires. Ce qui le mène à sa perte, c'est qu'il est
négligent envers les gens. Je l'ai vu sur ce même pont avec de belles
femmes, l'une après l'autre, et je l'ai vu recevoir de nombreux appels
téléphoniques et finir par les laisser toutes seules sur ce pont avec
cette vue parfaite. Et je l'ai vu oublier qu'il y avait une femme qui
attendait son retour, partant parfois sans même lui dire au revoir."

Il ne semblait pas possible qu'il parle de l'homme que je connaissais. "Vous êtes sûr de parler de l'homme qui vit ici ? Parce que
l'homme que je connais n'est pas du tout négligent."

"Peut-être que le bébé a quelque chose à voir avec ça en ce
moment", proposa John. "Mais je pense que le naturel revient au
galop tôt ou tard. Et où cela vous mènera-t-il, Katana ? Ici, seule à la
maison avec un bébé et personne pour vous aider ?"

"Je ne pense pas...", essayai-je de dire.

John secoua la tête. "Je sais que vous ne pensez pas qu'il sera
comme ça avec vous ou avec cet enfant", dit-il. "J'ai pas mal bourlin-
gué. J'habite à côté de cet homme depuis presque trois ans. Je le vois.
Je le connais, lui. Pas vous. Il doit être ravi d'être sur le point d'être
père pour la première fois. L'homme a presque trente ans et ne savait
probablement même pas lui-même à quel point il était prêt à être
père. Même les hommes aspirent à avoir des enfants à un certain
âge."

"C'est peut-être le bébé qui le change. C'est peut-être vrai. Mais je
pense que c'est un changement qui va durer. J'y crois", dis-je, puis je
regardai par-dessus mon épaule lorsque j'entendis le bip familier du
système de sécurité qui signalait l'arrivée de quelqu'un. "Je vais devoir
vous dire au revoir. Ravie de vous avoir rencontré, John. On dirait
qu'il est de retour à la maison."

John se leva et salua en descendant les escaliers. "À bientôt, Katana."

Quand j'entrai, je vis Nix entrer par la cuisine, après être passé par le garage pour garer sa voiture. Son sourire fut la première chose que je remarquai, et immédiatement ses bras m'entourèrent, me serrant contre lui, et nos bouches se rencontraient en un doux baiser que nous partagions toujours quand il rentrait à la maison.

J'adorais ce petit rituel. Mais je ne pouvais pas m'empêcher de me sentir un peu dubitative après la conversation que j'avais eue. Les mots de John sur le passé de Nix m'avaient un peu inquiétée – le fait d'admettre mon amour pour cet homme trop rapidement. Je ne pouvais plus être dans une situation de négligence. Aucun enfant ne le méritait, et moi non plus. C'était rédhibitoire pour moi.

21

NIXON

Chaque jour qui passait nous rapprochait. Je n'avais jamais parlé à quelqu'un autant qu'avec Katana. À quelques jours seulement de Noël, je me retrouvais à faire les choses machinalement, parce que je m'étais installé dans notre propre petite routine.

Après avoir regardé un film en bas, j'éteignis la télévision et je sortis du canapé. "C'est l'heure d'aller au lit, bébé."

Un petit sourire sexy se dessina sur ses lèvres quand elle prit ma main et se leva. Elle se blottit directement dans mes bras. "Je me sens un peu fougueuse ce soir, Maître." Elle dirigea ma main vers le bas pour qu'elle attrape ses fesses. "Peut-être qu'une petite punition me calmera."

"Je vois que la nourriture saine que je te fais manger t'a remise en forme. Peut-être qu'on pourrait jouer un peu." Je la soulevai et je l'emmenai dans l'escalier de ma chambre à coucher – qui était rapidement devenue notre chambre à coucher, dans mon esprit. "Tu sais, tu devrais me laisser déménager tes affaires dans cette chambre." Je l'assis sur mon lit. J'adorai la façon dont elle s'illumina à cette idée.

"Ce qui rendrait ce truc un peu plus réel ?", demanda-t-elle.

"Est-ce quelque chose que tu voudrais ?", lui demandai-je en déboutonnant sa chemise.

Ses seins sortaient de son soutien-gorge. Son bonnet D allait bientôt devenir du E et j'avais déjà l'eau à la bouche en pensant à eux. Je lui ôtai sa chemise puis j'enlevai ensuite son soutien-gorge, faisant une pause pour admirer les œuvres d'art que j'avais révélées.

La voix de Katana brisa le sort que ses seins m'avaient jeté. "Je n'aimerais rien de plus que de rendre les choses plus réelles entre nous. Je déplacerai mes affaires demain si tu veux."

"Rien ne me rendrait plus heureux." Même s'il y avait au moins une chose qui me rendrait plus heureux, je ne voulais pas gâcher ma surprise de Noël.

En la poussant à s'allonger, je retirai son jean et je la fis pousser un cri quand j'arrachai sa culotte et la jetai au sol. Elle se mordit les lèvres en me regardant.

J'enlevai ma chemise et mon jean, mais en gardant mon caleçon noir serré. En agitant le doigt vers elle, je la fis se retourner pour qu'elle se mette à genoux. Elle se déplaça sur le lit comme une tigresse, semblant plus que prête à jouer.

Ses cheveux noirs pendaient vers le bas, couvrant ses seins. "Comment me voulez-vous, Maître ?"

Sans dire un mot, je fis tourner mon doigt, indiquant que je voulais qu'elle se retourne. Ce qu'elle fit, en me présentant son cul rond. Je mis une main sur sa chair douce tout en déplaçant l'autre sur mon érection grandissante.

Rien que la vue de son petit cul serré me fit des choses qui me semblaient impossibles. Je n'avais aucune idée de comment elle pouvait avoir cet effet sur moi. Cette femme consumait mes pensées. Je me retrouvai en train d'arrêter tout ce que je faisais pendant mes journées de travail juste pour l'appeler et entendre sa voix.

Sans même essayer, cette femme me tenait dans le creux de sa main. Et ce qui était encore plus fou, c'est qu'elle n'avait aucune idée du pouvoir qu'elle avait sur moi. Mais même si elle allait s'en rendre compte un jour, je ne l'avais jamais vue utiliser son emprise sur moi d'une manière ou d'une autre.

Ses gémissements me sortirent de mes pensées et je revins à la réalité. Sa chair glissait sous ma main, et je la pinçai un peu. Elle gémit encore plus fort. "Oui, Maître."

Un sourire s'élargit sur mon visage et je crus qu'il ne partirait jamais. Je lui donnai trois autres gifles, et elle tortilla le cul contre moi, en voulant plus. Après trois autres fessées, je me penchai et j'embrassai son cul, mordillant sa peau tendre.

Elle fit un son magnifique quand j'enfonçai ma langue dans son trou du cul. Puis elle chuchota : "Maître, voulez-vous bien me baiser dans le cul, s'il vous plaît ?"

Bien sûr que oui !

Sa demande m'excita alors que je la baisais avec ma langue dans son cul d'abord, le faisant mouiller et le préparant à s'élargir pour ma queue qui grandissait de plus en plus.

Passant la main sous elle, j'enfonçai un doigt dans sa chatte trempée et je sus qu'elle était prête. Je retirai mon visage de son cul délicieux et je retirai mon caleçon. Pressant le bout de ma queue dans son trou du cul, je fus surpris quand elle se poussa en arrière d'un coup sec, forçant ma bite à s'enfoncer en elle, tout en gémissant.

Je lui donnai la fessée. "Tu es censée laisser ton Maître faire ça, petite coquine."

"Désolée, je le voulais tellement, Maître." Elle tourna la tête et me regarda par-dessus son épaule. "C'est ma faute."

Je donnai une autre fessée. "Tu es pardonnée, esclave."

Elle fit un baiser en l'air puis se retourna, avançant les mains vers le haut du lit et baissant la tête pour soulever son cul plus haut. Ma queue s'enfonça plus profondément en elle et je pouvais la sentir s'élargir encore plus pour me faire de la place.

Étant dans un endroit si étroit, ma queue était au paradis. Je fis des va-et-vient, son cul caressant ma bite gonflée. "Plus vite", supplia-t-elle.

Je bougeai plus vite et je poussai plus fort. Mes couilles tapaient sur sa chatte à chaque coup dur, et bientôt ses jambes se mirent à trembler. Ses gémissements ne cessèrent de grandir jusqu'à ce qu'elle pousse un seul cri strident tandis que son corps cédait à l'orgasme.

Ne voulant rien rater, je sortis de son cul et la prenant par la taille, je la retournai. J'avais hâte de boire le jus que j'avais fait jaillir. Poussant ses jambes vers le haut pour faire plier ses genoux, je me penchai et je plantai mon visage dans sa chatte qui éjaculait.

En enfouissant ma langue en elle, je bus autant que je pouvais avant que l'orgasme ne s'estompe et que les jus ne s'écoulent plus à un rythme aussi élevé. Ses mains s'emmêlèrent dans mes cheveux, alors qu'elle gémissait de manière la plus sexy que j'aie jamais entendue.

"Mon Dieu, Nix ! Bébé, tu me baises si bien", gémit-elle.

Je mis un terme à mon délicieux repas pour la pousser un peu vers le haut du lit, puis je montai sur elle. Je poussai ma bite en elle, ressentant les dernières ondes de l'orgasme.

En me déplaçant vite et fort, j'ai mis un de ses nichons dans ma bouche et je le suçai pendant que je la baisais. Ses ongles coururent sur le dos, laissant des traces chaudes dans leur sillage. De plus en plus dur, je continuai jusqu'à ce qu'elle ait un énorme orgasme, m'emmenant avec elle dans ce voyage.

J'entendis un gémissement terrible sortir de moi quand je me délestai dans sa chatte chaude. Ses jambes s'enroulèrent autour de moi, me serrant contre elle comme si elle ne voulait jamais que je retire ma queue de sa chatte lancinante.

Non pas que j'étais pressé de quitter son étreinte chaleureuse. Je retins mon poids pendant qu'on reprenait notre souffle. Comme la chaleur diminuait, ses jambes retombèrent sur le lit, et je m'effondrai à côté d'elle, ma main reposant sur son ventre encore plat.

Elle passa sa main sur la mienne en chuchotant : "Notre petite sphère va bien. Ne t'inquiète pas, papa."

"Papa", fis-je en écho. "Et comment va maman ? Elle a aimé ce que Papa lui a fait ?"

Elle gloussa. "Là, ça fait flipper, bébé. Mais j'ai beaucoup aimé ce que tu m'as fait. Lécher mon cul a été une agréable surprise. Je n'aurais jamais pensé ressentir ça."

"Oui, j'attendais qu'un client à mon bureau tout à l'heure dans la journée et je cherchais quelque chose à lire. J'ai trouvé ce roman cochon sur mon Kindle et j'ai cherché les scènes de sexe. C'est de là que j'ai eu l'idée. Content que ça t'ait plu." J'étais assez fier d'avoir pris le temps de chercher de nouvelles façons de plaire à ma femme.

"Comme c'est gentil de ta part, Nix." Elle se retourna sur le côté pour me faire face. Elle toucha mon nez de ses lèvres. "Tu sais, je pense que tu es l'homme le plus attentionné que j'aie jamais rencontré."

"Je n'ai pas toujours été comme ça, Katana. C'est drôle comme tu m'affectes. Tu m'as changé sans même essayer." Je l'embrassai sur le front. "Je ne savais pas que je pouvais être comme ça. La vérité, c'est que mon boulot m'a consumé pendant des années. Avant ça, c'était le sport. Je n'ai jamais été le genre de gars qui pensait beaucoup à la femme avec qui il était sur le moment. Mais toi... d'une façon ou d'une autre, tu as pris le pas sur tout le reste. C'est toi qui dévores mes pensées maintenant."

"J'espère que ça restera comme ça. Tu dévores mes pensées aussi, tu sais." Elle me passa la main sur la poitrine, repassant sur les traits de mon tatouage tribal. "Ma vie est passée d'une vie simplement satisfaite à une vie dont je n'aurais même jamais osé rêver. Merci, Nixon Slaughter."

"Non, merci Katana Reeves." Je la tirai au plus près de moi, en la serrant fort. "Je remercie Dieu tous les jours de m'avoir emmené vers toi cette nuit d'Halloween. Je n'oublierai jamais cette nuit-là."

MÊME SANS RAPPEL permanent de la nuit en question, je n'oublierais jamais la nuit où j'avais trouvé Katana et où j'étais devenue la personne que je devais être.

22

KATANA

La veille de Noël arriva, et Nix rentra à la maison avec un vrai sapin de Noël. J'allai à la porte pour le voir et il me dit qu'il avait une surprise. "Wahou, un vrai, hein ?", lui demandai-je en le tirant par la porte, des aiguilles de pin tombant dans son sillage.

"Toujours un vrai, bébé." Il l'appuya contre le mur et vint à moi, me tirant dans ses bras et me donnant son baiser habituel pour me dire bonjour. "C'est une tradition dans ma famille. On ne met pas de sapin avant le réveillon de Noël, et on l'enlève le lendemain du Nouvel An."

"Pourquoi attendre si tard avant de l'installer, Nix ?", demandai-je en passant ma main sur l'arbre, le trouvant un peu collant et piquant.

Nix alla dans le placard sous l'escalier et en sortit une boîte sur laquelle était écrit Noël. Il s'approcha de l'arbre et la posa au sol. "Ma famille est nombreuse, je t'en ai parlé. Et avec beaucoup d'enfants, Maman et Papa en avaient marre qu'on mendie et supplie pour n'ouvrir qu'*un seul cadeau*."

"J'imagine", lui dis-je en l'aidant à sortir les choses de la boîte et à les déposer sur la table basse pour les trier.

"Alors ils ont eu l'idée de n'installer le sapin que la veille de Noël, et nous ouvrions chacun un cadeau ce soir-là. Le lendemain matin, on ouvrait le reste, donnant au Père Noël une chance de nous apporter plus de cadeaux et de remplir nos chaussons de bonbons et de petits jouets." Ses yeux s'illuminèrent lorsqu'il sortit l'étoile, vieille, dont il ne restait presque plus de paillettes d'argent. "Ça vient de la collection de décorations de Noël de ma Mamie. Après sa mort, Jj l'ai sortie d'une boîte qui en était pleine."

D'un signe de tête, je compris pourquoi il avait ce vieux truc moche. "Je vois. Quel doux sentiment." Je commençai à remarquer que tous les ornements avaient l'air vieux et usés. "Tu as hérité de tout ça ?"

"Oui." Il arrêta de sortir des choses de la boîte pour sortir quelque chose de la poche de sa veste. "Mais j'ajouterai quelque chose de nouveau cette année. En fait, c'est le premier ornement que j'ai acheté."

Il avait un petit sac brun dans sa main, et il me le donna. "Qu'est-ce que c'est ?", demandai-je. Le sac était plat, comme s'il n'y avait rien à l'intérieur.

"Ouvre-le." Son sourire s'élargit en me regardant.

J'ouvris le rabat qui fermait le sac et je trouvai un plastique transparent à l'intérieur. En le prenant, je vis un chausson de bébé en cuivre et le sortis. Il l'avait fait graver avec les mots : "*Le premier Noël de Papa et Maman avec leur petite sphère.*"

Des larmes brouillèrent ma vision ; je pensais que c'était la chose la plus mignonne qu'il ait jamais faite de toute sa vie. Je me jetai dans ses bras pour un câlin et j'essayai de retenir les larmes, mais je ne pus pas. "Nix, tu es l'homme le plus gentil de la planète."

"C'est juste un petit quelque chose pour nous aider à nous souvenir de notre premier Noël ensemble." Il baissa les yeux vers l'ornement que je tenais et me le prit, le plaçant sur la table avec le reste. "Il faut d'abord mettre ce truc sur le socle du sapin, et ce n'est pas une tâche facile."

Je n'avais jamais eu de vrai sapin avant. Mes parents adoptifs avaient ce petit sapin en plastique qu'ils installaient chaque année. On le mettait juste après Thanksgiving et on ne l'enlevait qu'après le

Nouvel An. Et on ne pouvait jamais le décorer. Mme Davis le faisait toute seule.

Tout ce que je recevais, c'était un cadeau par an. J'en étais reconnaissante. Et c'était toujours quelque chose d'utile, jamais un jouet. Je n'ai jamais eu de jouets dont je me souvienne. Mais je m'assurerais que mon enfant en ait une tonne.

"J'ai failli oublier", dit Nix. Alors qu'il relevait la tête, il avait un sourire sur les lèvres. "Tu peux aller à ma voiture ? Elle est garée devant. Quelqu'un a laissé quelque chose pour toi à l'intérieur. C'est sur le siège passager."

"Pour moi ?", demandai-je, surprise. J'allais à la voiture et j'ouvris la porte passager pour trouver une petite boîte et une enveloppe rouge. "Hmm, de qui ça vient, je me le demande."

Je pensais que ce devait être un petit cadeau de Nix, mais quand j'ouvris la carte, je vis que c'était de la part de Shanna. L'enveloppe contenait une carte de Noël avec un sapin illuminé sur le devant qui me souhaitait un Joyeux Noël.

Quand je l'ouvris, je vis qu'elle m'avait écrit un mot à l'intérieur. La première ligne attira mon attention.

À la femme qui a volé le cœur de mon meilleur ami.

Je devais tout lire maintenant. Comment ne pas ?

Nixon Slaughter a toujours été comme un grand frère pour moi, depuis aussi longtemps que je me souvienne. Donc je donne peut-être l'impression d'être un peu trop protectrice avec lui de temps en temps.

Cela dit, je vois qu'il te regarde avec des yeux remplis d'amour. Et ça me rend heureuse.

Je suis désolée pour mes préjugés sur ce que vous aimez tous les deux, sexuellement parlant. (Je sais – ce n'est pas ce qu'on écrit typiquement dans une carte de Noël !) Quoi qu'il en soit, pardonne-moi d'avoir tiré des conclusions hâtives à ton sujet. Je ne te connais pas encore très bien, mais tu es la copine de mon meilleur ami, ce qui veut dire que nous deviendrons aussi de grandes amies.

J'espère que tu pourras donner à cette vieille amie de l'homme que tu aimes une chance de prouver que je ne suis pas toujours une salope. Peut-

être que ça pourrait être ton cadeau de Noël pour moi : me pardonner d'être un tyran, pleine de préjugés, fouineuse.

Maintenant, ouvre le cadeau que j'ai donné à Nixon pour qu'il te le donne et considérons cette hache de guerre enterrée.

Mon cœur était plein d'émotion lorsque je rangeai la carte, en m'assurant qu'elle soit rangée soigneusement, car je la garderai pour toujours. Je trouvais que cela partait d'un sentiment très doux et j'allais chérir cette carte.

Quand j'ouvris la petite boîte noire, j'y trouvai un bracelet. C'était un bracelet à breloques en argent et il y avait déjà quelques breloques dessus. L'un des charmes se détachait. Il était en forme de cœur, avec écrit *amies pour la vie* d'un côté et de l'autre, elle avait fait graver nos noms.

Je pris mon cadeau et ma carte, en rentrant et versant une larme. Nix me regarda et il me sourit largement. "Est-ce que je vois une larme ?"

Je m'essuyai l'œil avec le dos de la main. "J'en ai bien peur. Je crois que je me suis fait une nouvelle amie."

Il hocha la tête et recommença à retirer les décorations des boîtes. "Bien. Cette fille est comme une sœur pour moi. C'est un peu un garçon manqué et n'aime pas trop traîner avec les filles. Elle est un peu rude et brute de décoffrage. C'est pour ça qu'elle et moi sommes devenuss de si bons amis. Je ne veux pas que tu sois jalouse d'elle. Il n'y a aucune raison de l'être. J'espère que tu pourras la regarder comme n'importe quel membre de ma famille, parce qu'elle est aussi proche qu'ils le sont."

J'arrivai derrière lui pour le serrer dans mes bras. "Je pense qu'elle a fait un grand geste et je l'accepterai telle qu'elle est. Je suis si contente qu'on puisse tous s'entendre. Je ne veux pas gâcher une seule chose dans notre vie. Je veux juste l'améliorer."

Il se retourna, me prenant dans ses bras. Un doux baiser m'indiqua qu'il était heureux et cela me rendait systématiquement heureuse également.

Je savais que nos chances étaient minces. Je savais que la plupart des gens pensaient qu'on n'y arriverait jamais. Mais même avec ça contre nous, j'étais quand même curieuse de voir si nous pouvions y arriver.

Je me demandais si Nix pensait la même chose.

Mona était dans la cuisine ; elle nous préparait quelque chose de spécial pour le dîner du réveillon. Je lui avais dit en secret que je voulais qu'elle prenne toute la journée de Noël. J'avais rassemblé des recettes sur Internet et regardé des vidéos de cuisine toute la semaine. J'avais même fait un trajet au magasin pour acheter tous les ingrédients dont j'avais besoin pour faire de Nix un bon repas de Noël composé de jambon, de patates douces, de ragoût de haricots verts et de rouleaux faits maison.

Nix et moi réussîmes à placer le sapin dans son support et prîmes notre temps pour placer les ornements sur le sapin. Nix me raconta la provenance de chacun d'eux. Sa famille était immense, et je devais admettre que j'étais intimidée à l'idée de tous les rencontrer.

"Comment vais-je me souvenir de tous leurs noms, bébé ?" demandai-je en plaçant une boule de satin bleu pâle sur l'arbre. Elle avait une grosse tache jaune dessus et il me dit que c'était quand elle était tombée dans un verre de thé glacé de sa tante Rose alors qu'elle enlevait les ornements de son tout dernier Noël.

"Tu ne devrais pas t'inquiéter pour ça." Il embrassa le bout de mon nez. "La moitié du temps, ma mère ne se souvient même pas des noms de ses propres enfants. Elle passera en revue les noms de famille et finira par crier : *Tu sais que c'est toi et pourquoi je t'appelle, bon sang !*".

Je ris alors qu'il me chatouillait. "Nix !", me tortillai-je en m'éloignant de lui. "Tu vas me faire pisser !"

Il s'arrêta et m'attira à lui pour un baiser. Pendant que nos langues tournoyaient, je pensai que je n'avais jamais eu un Noël aussi mémorable. Il m'avait apporté des choses qui m'avaient manqué, ce que j'ignorais.

Mona sortit de la cuisine. "La grande salle à manger vous attend tous les deux. Et je m'en vais. Vous n'avez qu'à mettre la vaisselle dans le lave-vaisselle quand vous avez fini. Je m'en occuperai à mon retour."

Nix me prit la main et je répondis à Mona : "Merci, Mona. Joyeux Noël à vous."

"Vous aussi. Au revoir !", cria Mona juste avant de passer la porte du garage.

Une petite pression sur ma main me fit regarder Nix pour voir ses yeux verts scintiller en me regardant. "T'ai-je dit que tu es magnifique ce soir ?"

Mes joues s'enflammèrent. Je me sentais tellement mal à l'aise quand il me regardait comme ça et me disait des choses comme ça. "Non, tu n'as rien dit à ce sujet." Je baissai la tête timidement.

Il la souleva d'un doigt et m'embrassa doucement. "Tu es très belle tout le temps, mais ce soir encore plus, on dirait."

"Tu es très beau ce soir aussi." Je passai ma main sur son pull vert clair. "Ça fait ressortir la couleur de tes yeux."

J'avais mis une robe rouge pour l'occasion. Il passa ses doigts sur mon épaule. "Le rouge te va toujours bien."

Nous nous dirigeâmes vers la grande salle à manger, où nous trouvâmes des bougies éclairant une magnifique table qui ressemblait à celle d'un magazine.

Deux dômes dorés recouvraient nos assiettes, et de l'eau pétillante scintillait dans des verres à vin à côté d'eux. "Mona est incroyable", chuchotai-je.

Comment pourrais-je faire mieux que ça en préparant le repas de Noël ?

Mais tous ces soucis sortirent de ma tête quand Nix m'aida à m'asseoir sur une chaise et prit celle qui était en bout de table. On s'assit là, regardant partout, puis il me prit la main. "Tu sais, chez moi, mon père dit une prière avant qu'on mange, lors d'occasions spéciales. Je suppose qu'à partir de maintenant, comme nous allons être parents, nous devrions commencer à le faire aussi."

Je secouai la tête. "Je ne connais aucune prière. Lance-toi."

Il baissa la tête et moi aussi, et il dit : "Notre père qui êtes aux cieux, bénis cette nourriture pour laquelle nous sommes si reconnaissants. Et bénis notre petit bébé pour lequel nous sommes aussi reconnaissants." Il s'arrêta et se racla la gorge. "Et bénis cette femme à mes côtés, car elle a rendu tout cela possible. Sans elle, je serais perdu. Amen."

Quand je le regardai, je vis des larmes scintiller dans ses yeux. J'écrasai ma main sur sa joue. "Tu serais perdu ?"

Il hocha la tête et se pencha pour m'embrasser. "Tu es mon héroïne."

J'avalai ma salive et tentai de ne pas pleurer. "Tu es à moi."

Il m'embrassa à nouveau, et j'avais l'impression de flotter dans les airs. Serait-ce le bon moment pour lui dire que j'étais amoureuse de lui ?

Mais quand ses lèvres quittèrent les miennes, il retira le dôme de son assiette et sourit. "Wahou, elle s'est vraiment surpassée. Poules de gibier rôties, purée de pommes de terre et sauce brune, petits pois aux oignons perlés. Miam."

J'enlevai le dôme de la mienne et appréciai les arômes qui arrivaient jusqu'à moi. "Ça sent merveilleusement bon, n'est-ce pas ?"

"Effectivement." Il se lança et je suivis son exemple.

Le bon moment était passé, et ce serait maintenant gênant de lui dire ces mots. Comment quelqu'un pouvait dire une chose pareille – surtout pour la première fois – alors que celui à qui on avouait ses sentiments se régalait d'aliments délicieux et en savourait chaque bouchée ?

Je lui dirais peut-être à Noël. Ce serait sûrement le moment idéal pour lui faire savoir que je l'aime.

23

NIXON

Après le délicieux dîner du réveillon de Noël, Katana refusa de laisser la vaisselle sale dans le lave-vaisselle. Elle nettoya la salle à manger et fit la vaisselle, et alla même jusqu'à tout ranger.

Pendant qu'elle s'affairait, je pris un verre de vin et je sortis sur le pont pour regarder les étoiles. Le bruit des pas qui montaient les escaliers me fit détourner les yeux du ciel pour voir mon voisin, John, qui venait me rendre visite. "Salut, John. Joyeux Noël."

"Joyeux Noël à toi aussi, Nixon." Il s'assit sur l'une des chaises longues et sortit une bouteille de bière de la poche de sa veste. "Je t'ai vu ici et j'ai pensé me joindre à toi pour un petit verre."

Je levai mon verre de vin vers lui pour trinquer, et il fit la même chose avec sa bière. "À un nouveau départ", dis-je.

"Santé", dit-il, puis il fit sauter la capsule de la bouteille et but une gorgée. "Katana t'a-t-elle dit que je l'ai rencontrée l'autre jour ?"

"Oui", lui dis-je, puis je posai mon verre.

Il devint penaud. "Elle m'a balancé ?"

Je me figeai une seconde en me demandant ce qu'il voulait dire. Qu'est-ce qu'il avait fait ? Elle n'avait pas dit qu'il avait dit quoi que ce soit qui l'aurait poussé à me poser une question comme celle-là. "Non. Mais j'adorerais que tu te dénonces."

"Ouais, eh bien..." Il semblait hésitant. "Quand je suis rentré chez moi, j'ai réfléchi à ce que j'avais dit et j'ai compris que j'aurais pu dire des choses qui auraient pu la décourager à ton sujet."

"Eh bien, si Katana est découragée à mon sujet, elle ne le montre pas." Je ris et je repris mon verre pour boire une gorgée. Au moins, ce qu'il avait dit ne l'avait pas affectée.

"Bien. Je peux parfois être une grande gueule et quand je lui ai parlé s'est avéré être l'un de ces moments." Il but une longue gorgée de sa bière avant de continuer. "Tu vois, je lui ai fait remarquer comment tu es, ou comment tu étais, en tout cas. Je lui ai dit que tu pouvais être très négligent envers les gens. Surtout les femmes."

"Oh, ça." J'étais bien conscient de ce défaut majeur. "Je ne suis pas cette personne quand je suis avec elle. Elle fait de moi une meilleure personne. Je ne sais pas comment elle fait. Elle ne me demande pas de me comporter d'une certaine façon. Je veux juste être près d'elle – avec elle – ou au moins lui parler toute la journée quand je ne peux pas être avec elle. Elle est ce à quoi je pense la plupart du temps."

"Et il y a le bébé aussi maintenant. Elle m'en a parlé. Et c'est pour ça qu'elle est ici avec vous, pour que vous puissiez l'élever ensemble." Il but une autre gorgée. "Tu sais que j'ai divorcé et que je ne me remarierai jamais. En plus, si je pouvais recommencer, je laisserais les enfants en dehors de ça."

"Allons, John. Tu t'es beaucoup plaint de ton divorce et de la façon dont ta femme t'a trompé, mais comment tu peux douter à propos des enfants ? C'est trop. Il n'y a pas d'erreur à mettre un enfant au monde. Je le crois, de toutes mes forces." Je savais que je m'étais un peu emporté parce que je parlais un peu plus fort que d'habitude, mais il devait arrêter de se faire du mal pour cette chose.

"Ils ont des problèmes à cause de ce qu'ils ont vécu, Nixon. Je ne le raconte pas toujours. Sandy a du mal à faire confiance aux gens. Et Brady est un coureur de jupons. Les deux boivent trop." John secoua la tête. "Si j'avais su qu'ils auraient des problèmes, je serais parti plus tôt et je les aurais pris avec moi."

"Comme si tu avais pu faire ça", dis-je, en passant ma main dans mes cheveux. Le vent s'était levé et les avait emmêlés. "De nos jours, tu n'aurais jamais pu en avoir la garde complète."

"Je ne voulais pas dire les prendre légalement. Je voulais dire partir avec eux. Fuir la femme qui a ruiné nos vies. Les sauver." Il prit une autre gorgée, ressemblant à un homme qui avait trop de regrets.

"Je doute que tes enfants soient si perturbés que ça – je les ai vus. D'ailleurs, est-ce qu'ils vont passer te rendre visite demain pour Noël ?" demandai-je pour essayer de faire en sorte qu'il arrête de s'apitoyer sur son sort et de passer à quelque chose de plus positif.

"Oui", dit-il puis il finit sa bière. "Après être passés chez leur mère. Elle a un nouveau mec – pauvre type. Ils passent un Noël à l'ancienne avec ses trois enfants à lui aussi. Je suppose qu'elle fait semblant d'avoir une grande famille heureuse avec de l'amour qui flotte dans l'air, maintenant qu'elle s'est débarrassée de moi."

C'était mal de ma part de réagir comme ça, je le sus dès que le rire jaillit de ma bouche – mais je ris. "Désolé. Je suis vraiment désolé. Je sais que ça a été dur pour toi, mais écoute-toi. Elle ne s'est pas débarrassée de toi. Tu l'as quittée. Et vous avez fait ce que vous pensiez devoir faire pour vos enfants – et c'est admirable. Tu as fait de ton mieux avec ce que tu as obtenu. Ne penses-tu pas qu'il est temps de passer à autre chose ?"

John me regarda avec un froncement de sourcils. "Non. Je ne veux pas passer à autre chose. Et je ne suis pas venu pour parler de moi, de toute façon. Je voulais venir ici pour te parler de ton bonheur à venir. Ne fais pas croire à Katana que tu seras là pour elle quand il faudra élever cet enfant. Nous savons tous les deux que tu seras occupé par un projet nouveau et excitant et qu'elle et cet enfant seront seuls, attendant que ton attention revienne vers eux. Ce qui n'arrivera jamais. Parce que les hommes comme toi sont plein d'ambition."

J'étais un peu furieux que l'homme pense mieux me connaitre que je ne me connaissais moi-même. "Ce n'est pas une mauvaise chose d'avoir de l'ambition – regarde où cela m'a mené", dis-je en montrant tout autour de la terrasse. "Et à propos de qui j'étais, ça n'a pas d'importance. Je veux Katana et ce bébé. Je les ai déjà mis elle et ce bébé avant tout le reste. Et il se trouve que j'ai un projet sur la table en ce moment. On va ouvrir une boîte de nuit, le Huppé, le soir du Nouvel An. Et je ne l'ai pas perdue de vue en avançant dans ce projet."

"C'est peut-être parce qu'elle et ce bébé sont devenus ton nouveau projet. Tu travaillais déjà sur cette boîte de nuit quand tu l'as rencontrée." Ses paroles firent chavirer mon cœur.

Il avait tout à fait raison. Je travaillais déjà depuis des mois sur la boîte de nuit. John me connaissait bien. J'ai toujours eu un projet en tête avant de finir celui sur lequel j'étais à l'époque. Mon esprit fonctionnait comme ça.

Même quand j'étais enfant et que je faisais du sport, j'arrivais à la fin de la saison de football, et déjà, je jouais au basket-ball et je me préparais pour la saison prochaine.

J'étais le genre de personne qui cherchait toujours le projet suivant.

Est-ce que je ferais ça à Katana ? Est-ce que je ferais ça à mon propre enfant ?

"Je peux voir tes méninges tourner, Nixon. J'espère que tu ne m'en veux pas. Mais avoir un enfant, c'est important." Il s'arrêta quand je lui fis un signe de la main pour qu'il arrête de parler.

"Je ne suis pas en colère. Je sais que tu penses beaucoup aux enfants et à ce qui leur arrive si leur vie de famille est nulle. Et je sais que tes intentions sont bonnes." J'avalai le reste de mon vin pendant en essayant de me concentrer sur tout.

"Je ne veux faire de mal à personne. Mais tu dois être réaliste à propos de la fille et du gamin qui arrive." Il se leva et jeta sa bouteille de bière dans la petite poubelle en haut de l'escalier. "Tu es un mec super, Nixon. Je ne veux pas que tu croies que je pense autre chose de toi. Mais tu es un homme ambitieux, et les hommes comme toi font des maris et des pères minables. Les gens sont laissés pour compte par des hommes comme toi. Mais ne fais pas croire à cette fille que tu peux être ce que tu n'es pas. Laisse-la faire ce qu'elle a besoin de faire avec ce bébé." Et là-dessus, il me laissa.

Seul maintenant, j'étais assis là à penser à qui j'étais vraiment.

Je savais que je ne tournerais jamais le dos à Katana ou à notre enfant. Elle aurait toujours tout ce dont elle avait besoin pour s'occuper de notre enfant. *Toujours.*

Mais est-ce que je mettais Katana dans une position où elle serait blessée et seule quand je passerai à mon prochain projet ?

Je levai les yeux au ciel et les étoiles semblèrent se brouiller et tourner. Ma vie commençait tout juste à ressembler à celle dont j'avais toujours rêvé. Je n'avais jamais autant été à la maison et j'étais si heureux de quitter le bureau. Mais il ne s'agissait pas seulement de rentrer à ma maison sur la plage de Malibu – c'était Katana.

J'avais toujours été un peu plus que satisfait de ma vie. Mais je n'avais jamais été aussi heureux depuis l'arrivée de Katana.

Depuis le soir de notre rencontre, je ressentais quelque chose pour elle qui ne me quittait plus. Il n'y avait donc qu'une seule vraie question. Était-ce réel ?

Mes sentiments étaient-ils réels ou tout simplement était-ce l'excitation typique que j'ai toujours eue lorsque je commençais un nouveau projet ?

Katana n'était pas un projet pour moi. Je n'essayais pas de la modeler ou de la transformer en ce que je voulais qu'elle soit. C'est ce que je faisais avec tous mes projets. Je construisais des choses, changeais des choses, réorganisais des choses. Je n'arrêtais pas jusqu'à ce que je sois complètement satisfait de ce que j'avais fait.

Je ne la regardais pas en pensant qu'elle serait mieux avec des cheveux blonds. Je ne pensais pas qu'elle devait changer le style de ses vêtements. Je ne pensais pas qu'elle avait besoin d'un autre travail.

Je ne voulais rien changer à cette femme. Eh bien si, il y avait une chose que je voulais changer chez elle. Donc je suppose que je ne mentais qu'à moi-même.

24

KATANA

Le jour de Noël

Le matin de Noël, je me réveillai seule dans le lit. Après m'être étirée, avoir bâillé et essayé de me réveiller, je m'assis et appelai : "Nix ?"

Personne ne répondit, et je me levai pour prendre une douche et me faire belle pour la journée. *Notre premier Noël !*

J'avais mis les cadeaux que je lui avais achetés sous le sapin hier soir, et il en avait mis lui aussi. Et je trouvai plutôt mignon que nous ayons chacun acheté quelque chose pour notre bébé aussi et que nous ayons mis les présents sous le sapin.

Il y avait une plus grande pile de cadeaux sous ce premier sapin que je n'en avais jamais eu en grandissant. Tout allait mieux grâce à Nix.

En me douchant, je remarquai un nouveau shampooing et après-shampooing coûteux, et Nix avait dessiné des cœurs sur les bouteilles et écrit "*juste pour toi*" dessus.

Je fis mousser mes cheveux avec le shampooing à la menthe qui me chatouillait la tête, et je pensai à quel point cet homme était un trésor. Je serais avec cet homme même s'il n'avait pas un sou. Je vivrais dans une cabane avec lui. Je m'en fichais. Je savais que j'avais eu de la chance qu'il me trouve dans ce club ce soir-là.

Après m'être fait belle autant que possible, j'enfilai la robe rouge que j'avais achetée pour aujourd'hui. Elle était bien ajustée sur la poitrine et jusqu'à ma taille encore fine – je savais que je la perdrais bien assez tôt. La robe s'évasait à partir de la taille, donnant l'impression que j'avais un jupon en dessous. Elle était longue jusque sous le genou et ainsi, quand je mis mes chaussures plates – Nix m'avait dit qu'il ne voulait jamais me voir en talons tant que j'étais enceinte ou il me donnerait une vraie fessée – mes jambes avaient l'air longues et fines.

Je me sentais jolie, et j'avais hâte de trouver Nix. Je n'allais pas laisser passer cette journée sans lui dire ce que je ressentais vraiment pour lui.

Quand je sortis par la porte de la chambre, je trouvai quelque chose qui jonchait le sol. Des pétales de roses blanches se détachaient sur le carrelage sombre. On aurait dit qu'il avait placé chacun d'eux exactement individuellement.

Qu'est-ce que c'est que ça ?

Je me demandais quel tour il allait jouer. Avec lui, je ne savais jamais.

Une pensée me frappa et je m'arrêtai. *Et s'il m'avait acheté une voiture de luxe ?*

En essayant de me préparer à un tel choc, je pensai à quel point j'aurais peur de conduire quelque chose d'aussi cher. Je n'avais jamais eu que de vieilles bécanes qui tenaient à peine debout. Est-ce que j'arriverais à avoir l'air excitée au lieu d'inquiète ?

Je me secouai et avançai jusqu'à l'escalier. Les pétales de roses descendaient l'escalier et, sur le sol tout en bas, les roses formaient un motif circulaire.

On aurait dit qu'il manquait quelque chose dans ce cercle, et je me suis demandé ce que cela pouvait être. Ok, peut-être qu'il ne m'avait pas acheté de voiture. C'était peut-être un très gros cadeau, et il ne l'avait pas encore rentré pour le mettre là.

Dois-je faire demi-tour et attendre encore quelques minutes ?

Tandis que je me tenais là, pensant à ce que je devais faire, je remarquai autre chose. Deux valises attendaient près de la porte.

Pourquoi diable ces valises étaient-elles là ?

Est-ce qu'il me surprenait avec un voyage ?

Je n'avais absolument aucune idée de ce qu'il faisait et je ne savais pas si je devais retourner attendre ou non. Je ne voulais pas gâcher sa grande surprise alors qu'il s'était donné tant de mal.

Personne n'avait jamais rien fait d'aussi grandiose. Je regardai par-dessus mon épaule, me demandant si je ne devais pas retourner dans la chambre pour prendre mon portable afin de pouvoir prendre une photo. Je voulais me souvenir de cette scène pour toujours.

Au moment où je me retournais, j'entendis un bruit – le bruit d'un froissement atteignit mes oreilles et je me retournai pour voir ce que c'était.

Sur un genou et vêtu d'un smoking noir, Nix tendait une boîte. La pierre de la bague était si grosse que je pouvais la voir du haut des escaliers.

Ses yeux verts rencontrèrent les miens. Je descendis chaque marche lentement, pour m'imprégner de ce moment. La façon dont il me souriait. La façon dont ses yeux brillaient. Son visage rasé de près, sans la barbe à laquelle je m'étais habituée. La jolie fossette qu'il n'avait que sur la joue gauche.

Je pouvais à peine respirer. Il était sur le point de me demander en mariage, et je savais très bien quelle serait ma réponse. Certaines personnes pourraient penser que c'était trop rapide, mais je savais que je l'aimais et j'étais certaine qu'il n'y avait personne d'autre au monde pour moi. Nixon Slaughter était le bon.

Il attendit patiemment que j'arrive jusqu'à lui. Quand j'arrivai près de lui, il parla enfin. "Tu es plus que belle, bébé."

J'étais sur le point de me mettre à pleurer, mais je réussis à dire : "Toi aussi." Je passai mes mains sur mes joues. "Tu t'es rasé."

Il hocha la tête. "Oui, je voulais que les photos soient jolies."

Il avait donc prévu de prendre d'autres photos. L'homme s'assurait que nous aurions toujours un souvenir des moments importants. Il était parfait.

Aujourd'hui serait le jour de nos fiançailles et de la célébration de notre premier Noël. Un jour, il y aurait un mariage. Un jour, il y aurait la naissance de notre enfant.

"Je suis sûre qu'elles seront belles, Nix." Je lui souris et j'adorai la façon dont ses cheveux bruns étaient si joliment peignés, avec une raie sur le côté, le rendant encore plus beau.

"J'aimerais te poser une question," dit-il. "Tu veux bien ?"

Je hochai la tête. "Oui."

"Bien, j'ai eu mon premier oui, je vais en demander plus." Il gloussa, et ses yeux brillèrent de plaisir. "Katana Grace Reeves." Il s'arrêta et me fit un clin d'œil. "J'ai fouillé dans ton sac hier soir et j'ai trouvé ton permis de conduire, c'est comme ça que je connais ton deuxième prénom."

"Je vois." Je ris légèrement. "S'il te plaît, continue."

Il s'éclaircit la gorge avant de continuer. "Katana Grace Reeves, je t'aime." Mon cœur battait la chamade, et je sentis la première larme s'échapper. "Je suis fou de toi depuis le soir de notre rencontre. Une nuit qu'aucun de nous n'oubliera jamais, je le sais. Je ne te demande pas ça juste parce que tu portes notre bébé. Je te le demande parce que je ne veux pas penser à une vie sans toi à mes côtés, jusqu'à ce que la mort nous sépare. Et je le pense vraiment. Alors, je te demande si tu m'aimes aussi, et si tu veux devenir ma femme. Aujourd'hui. À Las Vegas."

Aujourd'hui ?

Je chancelai un peu, j'avais l'impression d'avoir été assommée. Non seulement il voulait m'épouser, mais il voulait le faire tout de suite. J'eus la bouche sèche. Ma tête tourna. Et mon cœur se mit à battre dans ma poitrine.

Les larmes coulèrent comme de la pluie pendant que je parlai. "Je t'aime, Nixon Slaughter. Rien ne me ferait plus plaisir que de t'épouser aujourd'hui."

Son sourire s'élargit encore quand il se leva et me glissa l'énorme diamant de cette bague de fiançailles au doigt. "Merci, bébé. Je te promets que tu ne regretteras jamais ta réponse."

Quand ses bras s'enroulèrent autour de moi, m'amenant à lui

pour que nos lèvres se touchent, je sus que j'avais pris la bonne décision.

En ce qui concerne Nixon, chaque décision que j'avais prise était la bonne. Avoir accepté son offre de quitter ce club avec lui le soir d'Halloween, lui avoir parlé dès que possible du bébé, avoir accepté l'invitation d'emménager avec lui, tout avait été parfait.

Le marier devait être la bonne chose à faire aussi.

Quand nos bouches se séparèrent, nous étions tous les deux haletants. "Je t'emmènerais bien là-haut pour te faire l'amour, Katana, mais on a ces cadeaux à ouvrir et un jet privé à prendre. J'ai pris la liberté de nous réserver une suite nuptiale. Je ne voulais pas prendre de risques."

On ralentit un peu et on ouvrit les cadeaux qu'on s'était offerts. Il m'offrit des bijoux de luxe, et puis il y avait encore une petite boîte. Quand je l'ouvris, j'y trouvai un jeu de clés avec l'emblème Mercedes dessus. "Nix !"

"Tu as l'air choquée, bébé," dit-il en riant. "Tu sais que ma femme ne peut pas conduire dans un tacot. J'ai des normes à respecter, tu sais."

Je secouai la tête en posant les clés. Je pris le cadeau spécial que je lui avais acheté et je le lui donnai. "Merci pour la voiture et tous les bijoux, entre autres, que tu m'as offerts. Ouvre celui-là maintenant."

Il sourit tout le temps où il ouvrit ce paquet, et quand il trouva le simple presse-papier que je lui avais offert, il rit. "Un presse-papier "Je t'aime" ?"

"Eh bien, je n'avais aucune idée que tu allais faire tout ça. Et je voulais te dire que je t'aimais aujourd'hui. Tu m'as en quelque sorte volé la vedette avec la demande en mariage, mais je voulais que tu saches que j'allais déclarer mon amour pour toi aujourd'hui de toute façon. Je l'ai su le jour où on a entendu battre le cœur de notre bébé." Je passai mes bras autour de son cou et je l'embrassai.

On avait toujours des jours parfaits, les uns après les autres. Je n'étais pas stupide – je savais que certains jours ne seraient pas faits que d'amour et d'eau fraîche mais j'avais le sentiment qu'il y aurait plus de bons jours que de mauvais.

Quelques heures plus tard, lui et moi étions devant un prédica-
teur qui ressemblait beaucoup à Elvis. De la musique douce se faisait
entendre dans la petite chapelle de Vegas. Je n'avais jamais rêvé de
mon mariage, mais ça dépassait tout ce que j'aurais pu inventer.

Quand nos lèvres se rencontrèrent alors que nous étions mari et
femme pour la première fois, je savais que nous allions surmonter
tous les obstacles et avoir un mariage et une famille dont nous pour-
rions tous deux être fiers. Nix et moi avions trouvé notre bonheur
pour toujours ; je n'en doutais pas.

Fin

❀ Réalisé avec Vellum

9 781648 089749